阳 光 文 库

归途回望

毛贯忠 —— 著

黄河出版传媒集团
阳光出版社

图书在版编目（CIP）数据

归途回望 / 毛贯忠著. -- 银川：阳光出版社，
2023.1
（阳光文库）
ISBN 978-7-5525-6638-3

Ⅰ.①归… Ⅱ.①毛… Ⅲ.①散文集 - 中国 - 当代
Ⅳ.①I267

中国国家版本馆CIP数据核字(2023)第000025号

归途回望　　　　　　　　　　　　　　　　毛贯忠　著

责任编辑　申　佳
封面设计　晨　皓
责任印制　岳建宁

黄河出版传媒集团
阳光出版社　出版发行

出版人　薛文斌
地　　址　宁夏银川市北京东路139号出版大厦（750001）
网　　址　http://www.ygchbs.com
网上书店　http://shop129132959.taobao.com
电子信箱　yangguangchubanshe@163.com
邮购电话　0951-5047283
经　　销　全国新华书店
印刷装订　宁夏凤鸣彩印广告有限公司
印刷委托书号　（宁）0025787

开　　本　710 mm×1000 mm　1/16
印　　张　13.5
字　　数　200千字
版　　次　2023年1月第1版
印　　次　2023年1月第1次印刷
书　　号　ISBN 978-7-5525-6638-3
定　　价　52.00元

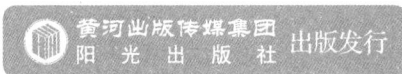

读《归途回望》

胡　军

　　近期阅读了毛贯忠先生的《归途回望》一书，我很受启发。该书分为四大部分，第一部分是"生活随笔"，第二部分是"我的国学观"，第三部分是"生活中的国学"，第四部分是"法学中的国学"。

　　书中第一部分"生活随笔"对我很有帮助。在我看来，这部分内容凸显了该书的主题。第一篇文章题为《归途》。我理解所谓归途，是指逐渐走向死亡的人生阶段。作者才五十多岁，却得过几次大病，直接面对死亡的威胁，但他挺过来了。正因为如此，他对死亡深有感触，对生命也更加热爱。他思考了从生到死的生命旅程及死后灵归何处等问题，由此，他对生也就有了更深层次的领悟。我对这样的话题及人生感受有很大的兴趣，曾多次参加关于"生死学"的学术研讨会，也发表过这方面的文章，题为《生死相依：未知死，焉知生》。正因为此，我对《归途回望》一书很认同。且作者在这一方面的感悟要比我深刻得多。我希望作者可以就这一主题多发些文章，增强读者对生命的感悟，对死亡的理解。

作者对中国传统文化有着深入的体悟和深刻的研究。他涉猎广泛，对《大学》《中庸》《论语》《孟子》《老子》《庄子》《韩非子》等都有比较系统而深入的研究。他很不认同有些学者对这些经典作品的研究观点，提出了自己的看法，也有着比较深入的分析与论证。当然，在他的论证中，有些方面还是值得商榷的。

更值得注意的是，作者对中国传统文化有着深厚的感情与比较独特的看法。他认为优秀的中国传统文化是中国现代化的基础。在此基础上诞生的中国现代文化将会长久地屹立于世界文明之中。

基于这样的文化立场，作者就很不同意现代学术界对中国传统文化的批判。他认为现代的一些学者对孔子及《论语》存在一定程度的误读，对韩非子也有错解。他由此提出了自己的观点，并进行了深入的论证和分析。当然，他的这些看法在中国传统文化研究领域内也会招来不同的意见。

作者是一位律师，却对中国传统的国学典籍有自己独特的解读，尤其是他对生命、死亡的感悟与理解对读者有启发的意义。

（胡军，北京大学哲学系教授、博士、博导。曾任北京大学学术委员会委员，北京大学人文学部委员，北京市哲学会会长，北京市第十二届、第十三届人大常委会常委，民进中央常委，民进中央文化艺术委员会主任，北京市人大常委会常委，中国现代哲学研究会副会长，中国发展战略学研究会副理事长，创新战略专业会主任等职）

目　录

生活中的国学

法学中的国学

生活随笔

归 途

　　毕淑敏的作品《孝心无价》中有一句话：父母在，人生尚有来处；父母去，人生只剩归途！文章只强调了前半句的内容——父母在世的时候，知道自己从什么地方来，疲惫了可以回家看父母；父母不在了，原来的家只能叫作故乡了。文章劝告人们，趁父母在世的时候，要孝顺，不要等到"子欲养而亲不在"而后悔。可是文章没有讨论父母离去人生只剩归途的"归途"。父母早已离我而去，我的人生只剩归途，近期身体出现了严重的问题，载我到最后归宿的交通工具突然提速，怎么走完自己的归途成了我迫切需要考虑的问题。

　　鲁迅写过一篇文章《死》，讲的是人死后神魂归于何处以及死后怎么处理后事等。写这篇文章的原因，就如他文中所述："日夜躺着，无力谈话，无力看书。连报纸也拿不动，又未曾炼到'心如古井'，就只好想，而从此竟有时要想到'死'了。" 2018 年 7 月中旬，我被查出患下咽癌并转移至淋巴，医生告知我这种癌症的五年存活率约为 40%。统计学的概率对于我这个个体没有意义，因为我可以不在这 40% 之中，但是毕竟身患被称为绝症的癌症，那么五年内死亡将是一个大概率事件，直面死亡是必需的、不可回避的。本想东施效颦学鲁迅写一篇《死》，转念又觉得这个题目太吓人，也不准确。《现代汉语词典》中这样解释"死"：失去生命。我是法律工作者，从法律的角度而言，死是一个法律事实，它可以引起法律关系的发生、变更或者消灭。这些解释都是从死者以外的第三者的角度看待死这件事。如何从死者的角度考虑"死"呢？我想我的文章必须包含从生到死的过程以及死后魂归于何处等内容。常言道"生者寄也，死者归也"，这句话有豪情也有几分潇洒，我喜欢，和前面"父母去人生只剩归途"也契合，以《归途》为题较为准确。

我这个年纪的人，从小接受的都是马克思主义的唯物主义教育。唯物主义者认为人死如灯灭，人死了，作为思想载体的身体不复存在，那么人的思想与意识也就不复存在，人死后不可能有游离于人身体之外的灵魂存在。然而，从自己的情感出发，我希望死后有灵魂的存在，并希望自己的灵魂会有一个好的归宿，在"归途"中精神有所寄托，有所皈依。

死并不可怕，怕的是死之前肉体经受的痛苦和磨难。

作为一个凡夫俗子，要弄清生从何处来、死往何处去是不可能了，有可能到死那一刻还不知什么是死。但不知道并不意味着害怕，因为人世间最平等的就是死这件事了，不论是谁最后都得死。既然每个人都难逃一死，那还不如坦然面对。

关于死，我最喜欢的是庄子的态度。庄子的《齐物论》中有这样一段话：

予恶乎知说生之非惑邪！予恶乎知恶死之非弱丧而不知归者邪！丽之姬，艾封人之子也。晋国之始得之也，涕泣沾襟；及其至于王所，与王同筐床，食刍豢，而后悔其泣也。予恶乎知夫死者不悔其始之蕲生乎！

这段文字大意如下：我怎么知道贪恋活在世上不是一种困惑呢？我又怎么知道厌恶死亡不是年幼流落他乡而老大还不知回归呢？丽姬是艾地封疆守土之人的女儿，晋国征伐丽戎时俘获了她，她当时哭得泪水浸透了衣襟；等她到晋国进入王宫，跟晋侯同睡一床而宠为夫人，吃上美味珍馐，也就后悔当初不该那么伤心地哭泣了。我又怎么知道那些死去的人不会后悔当初的求生呢？由此可以看出庄子看待死的态度之乐观。

理智地说，人死后若灵魂尚有感知，那么一定没有活人那样的痛苦。这一点老子在《道德经》中已经说得很清楚了："吾所以有大患者，为吾有身；及吾无身，吾有何患！"意思是：我之所以有大患，是因为我有身体；如果我没有身体，我还会有什么祸患呢？当我死了，身体化灰化烟，这具臭皮囊不复存在，那么作为活人所感知的一切痛苦便也不复存在了。

所以，死并不可怕。

有人说，死都不怕那还怕什么？既然觉得死不可怕，那是否可以认为我已经是一个无所畏惧的人了？当然不是。死虽不可怕，但濒临死亡的时候肉体所经受的痛苦和磨难是令人恐惧的。说这些，是想和我最亲爱的人讨论，以解决一个实际的问题，那就是怎么减轻这种痛苦，怎么缩短这种痛苦的时间。当生命即将走到尽头，卧床不起、生活不能自理的时候，除了能够减轻痛苦的治疗以外，其他一切为了延长生命的努力都应停止。面对死亡，不做无谓抗争，不徒增痛苦。这样是最理智的，无论有多么不舍，该松手时就松手。

我以前很少进医院，可是一生病就是大病。2014年12月，因腔隙性脑梗死住院，脑部中动脉堵塞72%，医生建议我做脑部支架，我没有做。幸运的是我在保持相对健康的情况下，还能正常工作，而且已经过了将近五年时间，真是上天对我格外开恩。这次生病虽说突然，但有了上次生病的经历，我的内心变得比以前强大，面对大病也很坦然，也正因为心态坦然，所以有了理想的治疗效果。写这篇文章，是因为需要总结一下自己，理清自己的思路，在所剩不长的归途中能走得自在一些。同时也希望爱我的人和我爱的人能过得幸福一点儿，不要因为我的提前离去而过分悲伤。

我的人生长度可能要打折扣，但我并无怨言，因为我对自己的人生宽度十分满意。我是不知贫穷了多少代的农民家庭的孩子，经过数十年的不懈努力，从农民到教师，从教师到检察官，再从检察官到一个自认为成功的律师，我的人生可谓丰富多彩，我没有虚度人生，哪怕现在离去也没有太多的遗憾。女儿已经取得博士学位，正在博士后的岗位上从事研究工作，她已经站在了一个比我高的人生起点上。不再贫困，哪怕我离开了，家人的生活也不至于困难。我活得清清白白，离去也不会留下任何纠纷，我的精神可以超脱。人生有八苦，现在我可以比常人少三苦。与长寿的人相比，我少了漫长的老年时间，所以没有"老苦"；经历了生死考验，也理解了佛家所说"一切有为法，如梦幻泡影，如露亦如电"，对生活没有贪求，所以不会有"求不得苦"；渐渐地学会享受孤独，不会因为利益的考量与不喜欢的人相处，所以也不会有"怨憎会苦"。余下的人生会比以往更轻松、更自在。

但剩下的人生仍有所苦——爱离别苦。这爱离别苦不是小情人之间的那种离别之苦，而是生死离别之苦。与爱我的和我爱的人在一起数十年，应该属于相亲相爱。我生病的时候，她给了我无微不至的关心和呵护，而她未来要在没有我陪伴的情况下走完余生，情何以堪！故不得不在此提前嘱托女儿，要善待我的老婆、你的老妈！

我希望在我所剩的归途中，能与爱我的和我爱的人共同努力，积累智慧，寻找灭苦之道，在我转身离开的那一天，你们不那么痛苦！

戒 酒

　　酒是个好东西，曹操有"何以解忧？唯有杜康"的诗句，李白有斗酒诗百篇的佳话。嗜酒的文人骚客可以说数不胜数。酒能催生风花雪月，能诞下诗词歌赋，能浇灭失意者的愁伤，酒的好处不胜枚举。然而酒也是穿肠毒药，侵蚀健康的身体，消磨人的意志。当酗酒者认识到酒的危害，也会想到戒酒，可戒酒对于酗酒者来说绝非易事。

　　著名诗人辛弃疾与酒有极深的渊源，他有"醉里挑灯看剑"的豪情，也有"醉里且贪欢笑"的失落。酒给他带来诗兴的同时，也侵蚀了他的身体。他曾经下决心戒酒，还留下一首戒酒词《沁园春·将止酒，戒酒杯使勿近》：

　　　　杯汝来前！老子今朝，点检形骸。甚长年抱渴，咽如焦釜；于今喜睡，气似奔雷。汝说"刘伶，古今达者，醉后何妨死便埋"。浑如此，叹汝于知己，真少恩哉！

更凭歌舞为媒。算合作平居鸩毒猜。况怨无小大，生于所爱；物无美恶，过则为灾。与汝成言，勿留亟退，吾力犹能肆汝杯。杯再拜，道"麾之即去，招则须来"。

辛弃疾戒酒，对日夜陪伴他的酒杯说：酒杯，给我过来！今天老夫要整饬自身，点检形骸。他也深感痛饮的危害：口渴不止，喉咙干得像焦釜；开始喜欢睡觉，鼾声如雷。他对饮酒过量的危害认识也很深：酒真像被鸩鸟的羽毛划过，带有剧毒啊！何况人们的怨恨不分大小，常常因爱生恨，事物不管有多好，太过头便会成为灾难。他戒酒也挺有决心：赶紧滚，再不滚我就把你摔坏！最后虽然是酒杯的话"麾之即去，招则须来"，你赶我走我就走，你需要我时我再来，实际上体现的是辛弃疾对酒的不舍。

没过多久，辛弃疾就破了酒戒，因为有朋友带着美酒去找他痛饮，他拗不过，忍不住，决定"破戒一醉"。真不知是酒杯有先见之明，还是辛弃疾有先见之明。为此他还写了一首破戒词《沁园春·城中诸公载酒入山，余不得以止酒为解，遂破戒一醉，再用韵》。

戒酒者破戒可以找到千万条理由，说明酗酒者对酒的依赖。戒酒，难！

和这些名人相比，我除了没有才华，不能写诗词歌赋以外，好酒的程度一点儿也不差。我属于家传的好酒，我父亲好酒，我也好酒。因为我是家中长子，父亲是木匠，上门做木匠活儿，主人家管饭，碰到村里喝喜酒，都是由我代表父亲去喝酒。从我记事起，就有人让我喝酒，我还真喝了，回到家父亲也不以为意，所以我早早地就能喝酒啦！后面便渐渐有了酒瘾。我自认为喝酒还算理智，不会因喝酒误事，但日积月累，还是影响了身体健康，35 岁便患上了高血压。我也想戒酒，可没能戒掉。随着时间的推移，血压渐渐控制不好，还患上了痛风的毛病，但因对生活影响不大，所以也不以为意。

2014 年 12 月中旬的一个下午，我们律师事务所有一个活动，还是我组织的。吃过午饭，走路的时候有一步左脚没有跟上，我也没有在意，晚上照样喝酒。活动结束以后和老婆说起这件事，老婆不像我这么大意，马上拉我到省人民医院检查。检查的结果出乎意料——中风，医学名称叫"腔隙性脑梗死"。原因是脑部有一根中动脉因动脉硬化斑块沉积，中动脉高度狭窄，导致脑部血流灌注下降，远端细小动脉闭锁，闭锁血管附近的脑细胞没有血流供给，导致脑细胞坏死。住了一星期的院，我们认为问题不大就出院了，但病情没有控制好，有一天早上醒来，左手无法抬起，知道又中风了，于是又到省人民医院住院治疗。

住院后做进一步检查，做脑部造影，结果是脑部中动脉狭窄72%，医生建议做脑动脉支架。了解了手术的种种风险后，我决定做保守治疗。为了巩固治疗效果，我决定彻底改变生活方式，首先就是戒酒。

怎么毅然决然地就决定戒酒了呢？只要到医院的神经内科住院部看一下，全都是眼歪口斜、半身不遂、生活不能自理的人，我是为数不多的能独自走进医院的人。酗酒的人喝酒的时候都豪情万丈，不乏辛弃疾在词中所描述的"刘伶，古今达者，醉后何妨死便埋"之豪情。

刘伶每天出门手里拿着酒，让跟着的下人背着锄头，说在哪里喝死了，就在哪里将他埋了。他的人生观就是醉死方休，是古今最通达的人。可是刘伶有没有想过，喝酒没有喝死，万一落得个半生不死，求生不得求死不能，这个时候怎么办？是埋还是不埋？他的下人做不了主，他自己又不会做主怎么办？

喝酒醉死对于死者或许是一件极其幸福的事，但半身不遂、生活不能自理，却是任何人都难以接受的。回想豪情万丈地喝酒，由此带来的高血压和中风的后果，不由得想起了陶渊明的诗句："悟已往之不谏，知来者之可追。"喝酒造成的恶果无法追悔，及时改变自己可能还来得及。戒酒！下定决心戒酒！

出院以后除了正常服药以外，我还做了三件事：第一，戒酒；第二，改变饮食习惯，不吃油腻的食物；第三，运动，每天快走一万步。现在五年过去，事实证明非常有效，不但腔隙性脑梗死没有复发，血压也恢复了正常，从住院时 200/120 降到了 120/90 以下的正常血压。

文章最后还是用陶渊明《归去来兮辞》中的一句话结尾："实迷途其未远，觉今是而昨非。"

戒酒，戒对了！

我是博士她爹！

发"我是博士她爹"这样的感慨，是因为曾经本人也想混个博士学位，但始终没有混上，心有不甘啊！

回想自己的学习和成长过程，真是历经千辛万苦，常人难以想象！

我1964年1月出生，1969年3月上小学一年级时，还只有五岁。上学不是为了读书，是因为父母要到生产队劳动，家里没有人，所以把我放到学校。小学读了五年半（因为那时刚好从春季招生过渡到秋季招生），读书的成绩怎么样，没有人过问，反正在我的印象中，我没有读通顺过一篇课文。1974年9月读初中，1976年初中毕业准备务农，我所在的姚村公社办起了高中，让我有机会读高中。我们高中的老师有小学毕业的，也有初中毕业的。印象最深的是我的数学老师，他是正规大学毕业的，因为差点儿被打成右派而被发配到偏远农村教书。1978年高中毕业，我们这个班30个同学参加高考，考五门课，我是唯一的分数为三位数的人，总分154分。我高中毕业，姚村公社高中也随之撤销，我们成了姚村公社高中"空前绝后"的一届毕业生。

高中毕业后我踏踏实实地当了一年农民。1979年高考，根据年龄我可以报考初中中专。父亲不甘心我当农民，在考试前两个月，买来了复习资料，让我放下手中的农活，全身心地复习。我惊讶地发现，恢复高考才两年，考试难度的变化竟然这么大。我高中毕业时还远没有达到初中毕业的水平，所以没有考上是必然的。

上天眷顾，1979年9月，姚村公社初中招考代课老师，因为我准备考中专时复习了两个月，所以考试过关，成了一名代课老师，教初中物理和化学。于是我又重新燃起了考学的希望，掐指算来，当时我15岁。

代课老师实际还是农民，要到生产队分粮食，所以必须参加生产队的劳动。因此，我要付出三倍于他人的努力：努力教学，我教的学科在中考的时候，学生的平均成绩始终高居农村中学的第一名；努力劳动，我在星期天和寒暑假参加生产队劳动，三个月要赚人家半年的工分；努力学习，我在课余和晚上要自学准备高考。其艰难和辛苦，现在想来真是不堪回首！

1981年，正当我踌躇满志认为自己有十足把握考上初中中专的时候（因为1980年差几分就够分数线了，经过一年努力有很大进步），传来一个不幸的消息——高中毕业的人不能报考初中中专，只能报考大学或高中中专。如同晴空霹雳，我的梦想破碎了。当时的失望无法用言语来形容，我也不知道自己是怎么挺过来的。1981年高考报名之前，我买了高一到高三的所有课本，经过三年努力，我于 1984 年考上了杭州法律学校。我终于把自己的农业户口转了出去，跳出了农门。

毕业以后到检察院工作，后通过自学拿到了法学大专文凭、本科文凭。辞职当律师以后又参加硕士研究生、博士研究生的学习。因为没有学过英语，始终拿不到博士学位，最后只拿到了博士研究生的结业证书。惭愧！

对于我，获得博士学位真难啊！

但自己几十年的努力，至少为女儿创造了相对好的家庭环境，为女儿正常求学提供了条件。女儿 1992 年 10 月出生，一路顺风顺水，从幼儿园到小学，从初中到高中，从大学毕业到出国留学，一直到 2018 年 5 月通过博士论文答辩，中间没有任何耽搁，所以 26 岁就取得了博士学位。

女儿的顺和我的艰难困苦，对比如此强烈！这不得不让我感叹。

虽然没有取得博士学位，但作为一名执业律师，50 多岁的年纪，属于正当年，我也算小有成就。可命运无常，造化弄人，2018 年 7 月确诊重病，住院治疗。

女儿在美国得知我患重病，急得像热锅上的蚂蚁，可又不能及时赶回国内。因为女儿刚落实了一所大学的博士后工作站的工作，正在办理工作签证，在签证办好之前无法回国。8 月底，女儿取得了工作签证，距离正式上班还有半个月。第二天，女儿就买机票回国看望我。

虽然 5 月女儿已经完成博士学位的一切要求，但他们学校要等学术论文在知名刊物上发表，才发学位证书，所以 5 月她并没有拿到学位证书。

　　在病床前，女儿陪着也想弄一个博士学位却又弄不到的我谈家长里短的时候，收到了她朋友发来的照片——她的博士学位证书。

　　我看到女儿的博士学位证书，喜乎？！悲乎？！

　　感慨万千，特写此文！

　　我很少表扬女儿，借此机会表扬一下，同时告诫女儿：博士没有什么了不起，在学术的路上，这才刚刚起步！

悬崖撒手

干咳两年不知原因，想到医院检查一下，腔隙性脑梗也需复查。为了方便，打算住院检查，于是便到浙江省人民医院住院。抽血检查的结果有一项与肺癌相关的指标偏高，所以又做了一个肺部的增强CT，最后查出有3毫米的结节，没有什么大事，检查完也就出院了。

三四个月后，咽喉疼痛伴有淋巴肿痛，以为上火，便到自家小区附近的诊所配了点儿消炎降火的药，吃了近一个月不见好，又看中医，吃了一个月的中药还是不见好。其间我还和医生开玩笑，不要是癌症。医生说如果是癌症，你还能生龙活虎地站在这里？老婆不放心，让我再到省人民医院检查一下。

到省人民医院做喉镜检查，纤维镜一插入咽部就看到了十分明显的肿瘤，切片结果为鳞状细胞癌，对颈部的淋巴进行穿刺，结果显示已经转移至淋巴。

细想起来，从开始干咳到现在确诊癌症，已经有两三年的时间了。

为了得到更专业的治疗，我转院到浙江省肿瘤医院住院治疗。

做完手术前的各项检查，我与医生进行了深入的术前交流。我详细询问了手术过程：局部麻醉，切开喉管，在喉部插入导管保证呼吸畅通；全身麻醉，切开咽部切除肿瘤，同时需要切除一半与肿瘤相连的喉管，因为肿瘤已经扩撒，会厌也需切除。手术中的风险无需计较，成功的手术结果是喉管切除一半，在缝合后会因喉管太细不够呼吸，必须依靠插在喉部的插管呼吸，没有气流从喉部通过带动声带，便不能发声，也就是失语，无法说话。最不能接受的是会厌被切除（会厌是控制呼吸的器官，呼吸时把气管打开，吃饭时把气管闭上），在吃饭喝水的时候，会有食物和水掉到气管里，引发咳嗽甚至肺炎等。

哪怕手术成功，也是没有尊严地活着，我拒绝没有尊严地活着！

向医生咨询其他治疗方法，得知就是化疗和放疗，但是不如手术对肿瘤的根除彻底，而且化疗、放疗不一定有效。

我拒绝手术，转入放疗科住院治疗。

化疗、放疗的艰难自不必说，但都过去了。幸运的是通过化疗和放疗，咽部的肿瘤消失，淋巴处的肿块还在，医生说出院以后等半年再复查，有可能癌细胞被杀死后肿大的淋巴会自动消肿，也有可能不消肿，但是切除淋巴是比较容易的小手术。

我出院以后没有太在意淋巴，但几个月以后，原来肿大的淋巴消肿了。

按医院的规定定期复查，从查出癌症到现在已有两年半时间，出院以后复查了五次，一切安好！

我仍有尊严地活着！

朋友们来看我，见我毫无病态，不禁感叹，我当初决定不做手术是何等的明智！我很想写一篇文章，总结一下自己的抗癌经验，或许可以帮到别人。心静时观照自己又哑然失笑，关于抗癌，其实我无任何经验可与他人分享。

不做手术不是因为又智慧，患了癌症已经是最坏的结果，你怎么计算都是输，怎么知道不做手术的结果会比做手术好呢？这就应了高僧的那句话：悬崖撒手，自肯承当；绝后方苏，欺君不得。

患癌后不做手术的人多了去了，哪儿能都有一个好的结果？我做这样的选择，不是因为有智慧，而是因为我想有尊严地活着或者顺利地死去。绝后方苏不是自己努力的结果，是命运使然。

我患癌症后也想学别人抗癌的成功经验，但看了之后只觉得可笑，这就好像一个想发财的人买票听马云分享发财的经验一样，成功者一本正经地胡说，想发财的人奉为珍宝，拿回家却一无所用。你所谓的抗癌经验，对于别人可能是一剂毒药，坚持不手术，对于大部分人来说就是毒药，不可推广！

种南瓜

我住顶楼，开发商还送一层阁楼。阁楼不算面积，因为层高只有 2.1 米左右，也没有什么大的用处。但我还是喜欢这个住处，因为阁楼外面有一个 40 平方米左右的露台，没事可以上露台透透气，如有雅兴也可以种种花，可惜我是一个俗人，不善种花，买回来的花总被我种死。花死了，花盆总空着，我觉得可惜，于是尝试用花盆种菜，慢慢地这个露台就成了我的菜园。我对自己的菜园颇为满意，蔬菜几乎可以自给，有时还可以送朋友。我不禁感叹自己骨子里还是农民，只会种菜不会种花！

我的露台从来没有种过南瓜。小时候南瓜吃太多，吃怕了，到现在还是不喜欢吃，便不想种。另外，楼顶的露台不适宜种南瓜，因为种南瓜需要很深的土和很大的空间，而露台不具备这些条件，所以一直没有种过南瓜。

清明前几天，老婆回家，带回来一株南瓜苗，说是朋友送的，非让我种上。老婆和我不一样，喜欢吃南瓜，毕竟她是城里人，小时候没有吃过太多的南瓜。

种哪儿呢？

有一个种发财树的盆很大，发财树死了，花盆正空着，种在这样大的盆里或许会有收获。种南瓜之前我又往盆里加满土。

南瓜秧很小，只有两片叶子，就像刚嗑开的一粒瓜子，瓜子的壳还挂在一片南瓜叶上。

精致的大盆里，种着这么小一颗南瓜秧，有些滑稽，怎么看都觉得不协调。我为精致的花盆抱不平，真是大材小用。

南瓜开始长得很慢，天气冷的时候几乎停止生长，过了很多天，两片叶子中间才冒出一个芽，然后再逐渐变成四片叶子，继而是六片叶子……慢慢地，长出了一尺长的南瓜藤。南瓜藤在加速生长，每一节上都冒出一个带有小南瓜的雌花花蕾或者没有小南瓜的雄花花蕾，花蕾的旁边还有一个南瓜藤的嫩芽。南瓜藤长得很快，几天时间就长到几尺。这样就需要给南瓜搭架子了。

搭架子是一件难事，空间实在太小，我找来葛藤，以种南瓜的盆为中心，从阁楼顶部的各个方向固定了几条葛藤，供南瓜藤攀爬。南瓜藤顺势而长，每一节上的小南瓜也在慢慢长大，小南瓜上的雌花和南瓜藤上的雄花也在慢慢地长大。当小南瓜长到约一寸直径的时候，雌花开了。花朵很大，很漂亮，呈喇叭形，喇叭口约两寸。花的内部是一色的嫩黄，嫩黄得像刚出壳的小鸭子；花的外部嫩黄与嫩绿相杂。花的中心是花蕾，雌花的花蕾直径约三分，中空，像老子《道德经》中所说的"玄牝之门"。花下的小南瓜更是可爱，圆润而有光泽。支撑小南瓜的是一根约两寸长的细柄。细柄支撑着小南瓜，小南瓜上开着花，整体宛如一个亭亭玉立的美少女，更妙的是美少女还撑了一把伞，一片大大的南瓜叶为她遮阴。以前只知道拿南瓜充饥，没发现它的花竟这样美！

这种美只保留了一天，第二天，花不再盛开，变成了一个捏紧的拳头。两天后，鲜花枯萎脱落，小南瓜失去光泽，慢慢变黄脱落。就如一个鲜活生命的逝去，给我带来些许感伤。

对盛放的赞叹和对凋零的感伤交替发生，不断循环，带着小南瓜的雌花盛开、枯萎，小南瓜变黄脱落。究其原因是雄花发育迟，雌花没有授粉不能长成果实而凋谢。

有一天我终于发现一朵雄花盛开。雄花的形状与雌花无异，但结构与雌花不同。我感叹雌花终于有交配的机会了，可是南瓜藤上没有盛开的雌花，雌花已经捏成了拳头。我想到了人工授粉，于是用棉签蘸取花粉，打开雌花的拳头，为雌花授粉。可没有成功，捏成拳头的雌花失去了授粉的能力。唉，真是沮丧！

终于有一天早上，我发现一朵雌花和一朵雄花同时开放。平时只要有花朵开放，蜜蜂总会围绕花朵飞舞，今天早上怎么没有蜜蜂为它们做媒，为它们授粉呢？我赶紧用棉签蘸取雄花的花粉为雌花授粉。但我内心很忐忑，能成功吗？

第二天有了答案，授了粉的南瓜花虽然还是捏成拳头，但是小南瓜大了一倍，南瓜的直径从不足一寸长到一寸有余，南瓜更圆润有光泽。我内心的喜悦不亚于自己成功地办完一件案件。

过往的故事还在不断地重复，不断有鲜花盛开和枯萎，我也重复着喜悦与悲伤。下一个能修成正果的南瓜，什么时候才能出现？

我精心呵护着南瓜，每天浇几次水，可是南瓜还是放慢了它生长的脚步。花盆再大，毕竟还是花盆，不足以为长大的南瓜秧提供足够的养分。等酷暑到来的时候，南瓜还能在花盆中生长吗？我开始为这株南瓜的命运担心。

回想小时候我也跟随父母种过南瓜。在一个山脚下，挖几个坑，砍下山边的柴草堆在坑里一烧，挑一担肥浇到坑内，然后在坑里放下南瓜种子，盖上土，种南瓜的工程就完成了。之后对南瓜基本没怎么照顾，偶然路过，摘几个嫩南瓜当蔬菜食用，最后以摘老南瓜为主，虽不照顾，但收获颇丰，每一株都能收获十余个大南瓜。再旱的年份南瓜也不会旱死，因为每一节南瓜藤下都有次根可以深入土壤，所以南瓜藤可以长十几丈长，能吸收半亩地的养分。这岂是种在花盆里的南瓜可比的！

培养孩子，就像种南瓜，如果种在花盆里，无论花盆多漂亮，培育得多勤快，孩子也难有大的成就。

我的国学观

对孔子学说的几种常见误解

　　"五四运动"中提出打倒孔家店，总需要一些打倒孔家店的理由，20世纪70年代的批孔运动总要有可以批的地方。人们喊打倒孔家店以及批孔的时候，常用来证明孔子"有罪"的几个证据是愚民；轻视劳动人民；只交上层的朋友；不分好坏地强调对父权思想意志的继承等。

　　这些批判孔子的理由大多出于对孔子思想片面的、不正确的理解，只要深入了解孔子完整的思想体系，就不会得出这些错误的结论。因为现在通行的《论语》翻译仍然存在这样的误解，所以笔者认为有必要进行讨论，以消除对孔子学说的误解。

孔子推行愚民政策以便于使唤民众

　　子曰："民可使由之，不可使知之。"（《论语·泰伯篇》）对这段文字，朱熹的解释为，孔子说："可以让民众按照上司的命令做事，却不必让他们知道为什么这样做。"这段话确实成为两千多年来统治者们推行愚民政策以便于使唤、压榨人民的依据，也成了"五四运动"打倒孔家店和批孔时证明孔子有罪的主要证据。孔子这句话的本意是否如此，值得讨论。康有为、梁启超等人认为这是朱熹故意对这两句进行错误的断句，应该是"民可使，由之；不可使，知之"。可以理解为，民众的知识水平都高了，可以被役使的时候就让他们自由地发展；民众的知识水平还没有达到一定的水平，那么就教育他们，使他们有智慧。

到底哪种解释更符合孔子的本意呢？笔者认为最有效的办法是先跳开这一句话，从《论语》整体思想中找出孔子对役使民众的态度，看看孔子是否主张愚民政策。

如果读完《论语》，全面分析孔子对待百姓的态度，便会发现孔子从来都反对愚民政策，他希望通过教育民众，使民众能够更好地被役使，而且让民众做事时，特别强调要慎重。

季康子问："使民敬、忠以劝，如之何？"子曰："临之以庄，则敬；孝慈，则忠；举善而教不能，则劝。"（《论语·为政篇》）季康子问孔子："要使民众严肃认真、忠心耿耿、互相勉励，应该怎么做？"孔子说："你用庄重的态度对待民众，民众就会对你严肃认真；你孝敬父母、慈爱子女，民众就会对你忠心耿耿；你举用善人而教育能力差的人，民众就会相互勉励。"这段文字讨论的是统治者如何更好地统治民众，孔子强调的是统治者行为的示范作用以及对弱者的教育和帮助。

子适卫，冉有仆。子曰："庶矣哉！"冉有曰："既庶矣，又何加焉？"曰："富之。"曰："既富矣，又何加焉？"曰："教之。"（《论语·子路篇》）孔子到卫国去，冉有驾的马车。孔子说："卫国的人口真多啊！"冉有说："人口已经够多了，再怎么办呢？"孔子说："让老百姓富裕起来。"冉有说："百姓已经富裕了又该怎么办？"孔子说："对他们进行教育。"孔子从来没有忘记对民众的教育。

子曰："以不教民战，是谓弃之。"（《论语·子路篇》）孔子说："让没有受过训练的民众参加战斗，就等于抛弃他们。"

子张问孔子曰："何如斯可以从政矣？"子曰："尊五美，屏四恶，斯可以从政矣。"子张曰："何谓五美？"子曰："君子惠而不费，劳而不怨，欲而不贪，泰而不骄，威而不猛。"子张曰："何谓惠而不费？"子曰："因民之所利而利之，斯不亦惠而不费乎？择可劳而劳之，又谁怨？欲仁而得仁，又焉贪？君子无众寡，无小大，无敢慢，斯不亦泰而不骄乎？君子正其衣冠，尊其瞻视，俨然人望而畏之，斯不亦威而不猛乎？"子张曰："何谓四恶？"子曰："不教而杀谓之虐；不戒视成谓之暴；慢令致期谓之贼；犹之与人也，出纳之吝谓之有司。"（《论语·尧曰篇》）这段文字中有一句话是"子曰：'不教而杀谓之虐'"。孔子说："不经教育，便加杀戮，叫作暴虐。"从孔子的言行可以看出，不论是关于统治者对民众的统治，还是让民众参加战争，甚至对待罪犯，孔子都强调教育。

孔子开创了平民教育的先河，在春秋时期，没有人比孔子更强调对民众的教育，说孔子愚民真是冤枉孔子了！

子曰："道千乘之国，敬事而信，节用而爱人，使民以时。"（《论语·学而篇》）孔子说："领导和管理一个拥有千乘马车的大国，要慎重地处理政事并讲信用，要节约开支，爱护百姓，役使他们要在农闲的时候。"

仲弓问仁。子曰："出门如见大宾，使民如承大祭。己所不欲，勿施于人。在邦无怨，在家无怨。"仲弓曰："雍虽不敏，请事斯语矣。"（《论语·颜渊篇》）仲弓问什么样才算仁。孔子说："出门办事如同会见贵宾，役使百姓如同承办重大祭典。不想发生在自己身上的事情，不要强加到别人身上。在朝廷不招人怨恨，在家族也不招人怨恨。"仲弓说："我虽然不聪明，也要照这样做。"

在《论语》的以上章节中，非常确定的一点是，孔子除了强调统治者在统治民众的时候应该重视对民众的教育，役使民众要选择民众农闲的时候，还强调要非常慎重地役使民众，并将之提高到"使民如承大祭"的高度。

子夏曰："君子信而后劳其民；未信，则以为厉己也。信而后谏；未信，则以为谤己也。"（《论语·子张篇》）子夏是孔子的学生，他的观点与孔子一脉相承。子夏说："君子在受到某种信任以后才可以役使民众；没有受到信任就役使民众，民众会认为你是在虐待他们。君子得到信任以后才可以规谏；未取得信任时，你规谏，长官会认为你是在毁谤他。"子夏也认为不能无条件地役使民众，否则民众会认为暴虐。

孔子和他的学生都强调役使民众必须特别慎重，孔子从来没有主张为了方便役使民众而采用愚民政策。

孔子在《论语》中所表达的思想具有一致性，所以笔者认为，"民可使由之，不可使知之"应该读成"民可使，由之；不可使，知之"。

孔子不轻视劳动者，主张用人要首先使用
平民出身的"野人"

《论语》中的以下文字，成为孔子歧视劳动者的力证，也是打倒孔家店的理由之一。樊迟请学稼。子曰："吾不如老农。"请学为圃。曰："吾不如老圃。"樊迟出。子曰："小人哉，樊须也！上好礼，则民莫敢不敬；上好义，则民莫敢不服；上好信，则民莫敢不用情。夫如是，则四方之民襁负其子而至矣，焉用稼？"（《论语·子路篇》）樊迟请教孔子怎样种庄稼。孔子说："种庄稼我比不上老农。"樊迟又请教怎样种菜。孔子说："种菜我赶不上老菜农。"樊迟退了出来。孔子说："樊迟真是小人！在上位的人只要崇尚礼仪，民众没有敢不尊敬的；只要重视道义，民众没有敢不顺从的；只要讲信用，民众没有敢不说真话的。能做到这些，四面八方的民众就会背着自己的孩子来归附，哪里用自己种庄稼呢？"

因为这一段文字，就得出孔子轻视劳动人民的结论，未免以偏概全。

孔子的祖先虽然是贵族，但到孔子这一代已经没落。孔子三岁的时候就死了父亲，他后来随母亲迁居到鲁国的都城曲阜。孔子童年的生活十分困苦，对此孔子丝毫没有掩盖和回避，更没有因为贫穷而觉得没面子。他还认为贫穷的人才会多才多艺，在用人上，他也主张要优先使用出身贫寒的人。太宰问于子贡曰："夫子圣者与？何其多能也？"子贡曰："固天纵之将圣，又多能也。"子闻之，曰：

"太宰知我乎！吾少也贱，故多能鄙事。君子多乎哉？不多也。"（《论语·子罕篇》）太宰问子贡："孔夫子是位圣人吧？为什么这样多才多艺？"子贡回答说："本是上天要他成为圣人，所以才让他多才多艺。"孔子听后说："太宰了解我吗？我小时候贫贱，所以才会这么多卑贱的技艺。当官的需要掌握这么多技艺吗？他们不需要。"孔子并没有因为小时候贫贱而感到自卑。子曰："先进于礼乐，野人也；后进于礼乐，君子也。如用之，则吾从先进。"（《论语·先进篇》）孔子说："先学习礼乐，然后做官的是庶民百姓；先当官，后学习礼乐的是世袭贵族。要我选用人才，我主张选用先学习礼乐然后做官的庶民百姓。"可见孔子更倾向于庶民百姓，而不是世袭贵族。如果你读了这些，就不会简单地认为孔子歧视庶民百姓了吧。

孔子对樊迟的批评，实际上是他认为，人们在学习怎么做官时，就不要考虑怎么务农了。

不要把孔子认为任何朋友总有自己
过人之处的思想曲解了

子曰："君子不重，则不威；学则不固。主忠信，无友不如己者。过则勿惮改。"（《论语·学而篇》）子曰："主忠信，无友不如己者，过，则勿惮改。"（《论语·子罕篇》）现在的学者一般都把"无友不如己者"解释成"不交不如自己的朋友"，人们由此认为《论语》教育人们眼睛向上看，不愿意结交比自己地位低的朋友。这种理解明显有误，这是逻辑的悖论。如果人们只想结交地位高的朋友，那么，按同一标准，对方肯定不肯交比自己地位低的朋友，这样天底下就没有朋友了。作为一代圣人的孔子不会犯这样低级的逻辑错误。

"无友不如己者"的正确理解应该是没有朋友不如自己，这样的解释与孔子"三人行，必有我师"的意思一致，每一个朋友都有值得自己学习的地方，不要认为朋友不如自己，其本意是要人们谦虚，善于发现朋友的优点。

任何话题都有一个论域的问题

子曰："父在，观其志；父没，观其行；三年无改于父之道，可谓孝矣。"（《论语·学而篇》）把"三年无改于父之道"解释成，要是儿子在三年内没有改变父亲生前行事的准则，就可以说是孝顺了。对孔子持批判态度的人于是反问，如果父亲是小偷、是强盗，儿子是否要当三年小偷或三年强盗才算是孝顺？

会这样反问的人要么是故意曲解孔子这句话的含义，要么是自己不懂逻辑。因为逻辑上有一个概念叫作"论域"，就是讨论问题都是在某一范围中进行的，这里讲的"父道"，本身就排除了不道德的父亲，没有把有偷、抢等行为的父亲放在本命题的讨论范围之内。

几千年来，封建统治者们为了自己的统治地位而故意曲解孔子的语义，其目的是给自己的统治提供理论依据。孔子的批判者故意曲解其语义纯粹是为了攻击，他们的目的不同，但都曲解了孔子的本意，对其思想的传承都产生了负面影响。笔者不是专门的学者，也无意刻意维护孔子的权威，但我认为有必要把惯常的对孔子的误解纠正过来。对两千五百多年前的孔子的任何一句话产生理解上的分歧并不可怕，可怕的是根据自己的需要随意曲解他的思想。做学问最好的方法是以经解经，对经典著作的解释发生争议的时候，用该经典中作者对同一问题或者类似问题的思想观点解释它，这样得出的结论才比较贴合原意，也是较为准确的解释。

反者道之动，弱者道之用

　　《道德经》前三十七篇为上篇，属道论；三十八至八十一篇为下篇，属德论。《道德经》第四十章："反者道之动，弱者道之用。天下万物生于有，有生于无。"很多学者认为这一章的内容属于道论，并且还是道论的中心内容。道论的内容放在德论中，只是因为《道德经》没有严密的内在逻辑。现在出版的《道德经》，普遍将"反者道之动"的"反"解释为同"返"，指循环往复的意思。整段文字翻译为，循环往复是道的运行规律，柔弱谦下是道发挥作用的机制。天下的事物产生于"有"，"有"产生于虚无的大道。这样的解释和翻译无助于理解《道德经》，更无法体现《道德经》的价值。

　　这一章的内容属于道论还是德论，不妨碍我们理解这段文字，实际上因为大部分学者对这段文字的理解不正确，才得出了这段文字属于道论而不是德论的错误结论。

　　要解释清楚这段文字，必须先搞清楚"道"与"德"这两个概念。

　　"道"是宇宙万物生成、发展、变化最后归于消灭的法则或规律。"道"无形、无相，不可捉摸。《道德经》第十四章对此有生动的描写："视之不见，名曰夷；听之不闻，名曰希；搏之不得，名曰微。此三者，不可致诘，故混而为一。其上不皦，其下不昧。绳绳兮不可名，复归于无物。是谓无状之状，无物之象，是谓惚恍。迎之不见其首，随之不见其后。""道"是虚无的，想看却看不见，所以把它叫作"夷"；想听却听不到，所以叫作"希"；想抓却抓不到，所以叫作"微"。"道"看不见、听不到、抓不着的三个特性混为一体，不能深究。它的上面不是明亮的，它的下面不是昏暗的。它虽然绵绵不绝，却不能命名，最终回归清虚、空无的状态。它是没有形状的形状，没有形象的形象，可以把它叫作"恍惚"。迎着它不能看它的前头，追着它不能看到它的后背。

"道"作为自然规律，虽然看不见、摸不着，但是它无时不在、无处不在，它充斥整个宇宙，支配着宇宙万物的运行。在宇宙中，运行的是宇宙万物，而不是"道"。

什么是"德"呢？《道德经》中"德"的含义不同于《现代汉语词典》中对"德"的解释，《道德经》中"德"的含义只能在《道德经》中寻找。

循"道"而行谓之"德"。《道德经》第二十一章："孔德之容，惟道是从。"这里的"孔"是大的意思，"容"是容貌形象的意思，整句话的意思是，伟大的道德的模样，就是遵从道，随道的变化而变化。德就是对自然之道的遵循。

"德"是"道"的功业。《道德经》第五十一章："生而不有，为而不恃，长而不宰，是谓玄德。"（道）生育万物却不占为己有，抚育万物而不自恃有功，引导万物而不主宰，这就叫作玄德。玄德应理解为原始之德。这段话清楚地表达了大道化育万物这个过程，这个过程、这个功业就是"德"。据此，唐玄宗在《御制道德真经疏释题》中做了这样的总结："故经曰：'道生之，德畜之'，则知道者德之体，德者道之用也。"

理解了"道"与"德"的概念，就可以得出结论。目前主要的出版物将"反者道之动，弱者道之用"解释为，循环往复是道的运行规律，柔弱谦下是道发挥作用的机制。这是极不准确的。

"道"是宇宙万物运行的规律，它充斥整个宇宙，无时无刻不对宇宙万物的运行发生作用，但是运行的是宇宙万物而不是规律，把宇宙万物的运行等同于"道"的运行是错误的。"反者道之动"中的"动"只能是宇宙万物动。这里的"动"是使动用法，是使什么动之意，体现道对万物的支配力量，"动"应该是动力。与之相对应的，"反"也不是道的"反"，而是物在"反"，指背离"道"运行的物回归"道"的运行。

"反者道之动，弱者道之用"描述的是"道"对万物作用的两种关系，两者紧密联系、并立存在。

宇宙万物与"道"的关系，可以分为两种情况：一种是物循"道"而行，体现为物之"德"；一种情况是物背"道"而行，是对"德"的违背。很明显，"弱者道之用"就是对"循道而行"的描述。把前文唐玄宗对"德"的解释"德者道之用"与"弱者道之用"进行对比，就可以得出这样的结论："弱"是万物循"道"而行的体现，是对"德"的描述。根据逻辑分析，应该得出"反者道之动"是对物背"道"运行的描述。《道德经》第三十章中讲"物壮则老,是谓不道",强壮与柔弱相反,柔弱合于"道",那么强壮就是对"道"的违背。

"反者道之动"就是在物背"道"而行的情况下,对物与"道"关系的讨论。前面在讨论"道"的概念的时候,已经得出结论,运动的只能是宇宙中的万物而不是"道"。"反"与"动"指的是物而不是"道"。据此对"反者道之动"应做如下解释:物质的运行若背离自然规律,自然规律能使其返回到自然规律上来,就是"道"有使偏离"道"运行的物质返回到"道"上运动的力量。

胡克的弹性定律可以非常形象地描述"反者道之动"。在外力的作用下,弹簧改变形状(偏离自然形状是为偏离"道"),自然规律("道")就能使弹簧返回原来的形状(即返回到"道")。古人使用弓箭,把箭搭在弓弦上,用力往后拉弓弦,放手的时候弓弦带动箭射向相反的方向——前方,这就是"反者道之动"的具体运用。

对"反者道之动"做如此解释,并非是笔者的臆想。《道德经》用很多实例说明其意。这些事例可以印证笔者对"反者道之动"的解释是正确的。《道德经》第三十六章:"将欲歙之,必固张之;将欲弱之,必固强之;将欲废之,必固举之;将欲夺之,必固予之。"

根据前面的解释,"反者道之动,弱者道之用"讨论的是物在背"道"而行或者循"道"而行的情况下,"道"对于物的作用,是对物不具有物"德"或具有物"德"的讨论,这一内容当然应该归于德论篇中,而不是道论篇中。学者们认为该章内容属于道论的说法是错误的就不言而喻了。

《道德经》对柔弱予以高度赞美，认为柔弱是包括人在内的万物之美德，把最具柔弱特性的水视为"上善"。《道德经》第八章："上善若水，水善利万物而不争。处众人之所恶，故几于道。"认为水是最接近于"道"的。《道德经》第七十八章中说："天下莫柔弱于水，而攻坚强者，莫之能胜。"是"柔弱胜刚强"的典型代表。《道德经》第五十五章对柔弱无比的"赤子"进行了赞美："含德之厚，比于赤子。毒虫不螫，猛兽不据，攫鸟不搏。骨弱筋柔而握固，未知牝牡之合而脧作，精之至也。终日号而不嗄，和之至也。"

常人很难理解"弱"的价值，人们只能在极肤浅的层面认知"弱者道之用"。例如在星光大道的比赛上，一个社会底层的人参加比赛，他们会极力地表显自己弱的一面，演出服就是表现自己社会阶层的工作服——某某清洁公司的服装、某某建筑公司的服装，以便在和音乐学院的同台参赛者的比赛中取得更高的分数。比赛是争强的活动，参加比赛已经是对"道"的违背了。

《道德经》第二十五章："故道大，天大，地大，人亦大。域中有四大，而人居其一焉。人法地，地法天，天法道，道法自然。"宇宙中有四大：道大、天大、地大、人大，人是其中之一。老子充分地肯定了人类在宇宙中的重要作用，但老子同时也强调，人要效法地，地效法天，天效法道，道效法自然，人类最后应当效法的是自然规律。人类自认为是万物之灵，能够改天换地，导致人类的许多行为背离自然规律，这是人类的悲剧。人类违背自然规律，"道"的另一个作用"反者道之用"马上就体现出来，自然规律就会表现出与人类用力方向相反的力量，把人类的行为扳回到"道"上来。人定胜天是自欺欺人的话，人类任何时候都无法在违背自然规律的情况下取得成功。"反者道之动"，"道"使人类的行为返回到"道"上来，"道"对人类用力的方式千差万别，无法尽言，但其中肯定包括通过对人类的报复促使人们改邪归正，重新回到"道"上来。

随着人类文明的发展，自然生态环境的破坏日益严重，生态平衡被打破，就会发生日益严重的自然灾害。人类及时改正，就还有希望，若一意孤行，并不排除自然会通过毁灭人类来恢复自然之"道"。

这就是人类理解"反者道之动"的意义与价值所在。

丰富而生动的孔子

孔子头上有一大堆无比高尚的名号，比如"圣人""至圣先师"等。凭想象，孔子肯定是一副师道尊严的样子，其实这些名号都是后人添加的，根据《论语》的记载，孔子不但人生经历丰富，为人正直，而且又有生活情趣，笔者逐一列举之。

早当家的穷孩子

孔子虽然号称贵族，但到孔子父亲这一代已经没落，且他三岁时父亲就去世了。后来孔子随母亲迁居到鲁国的都城曲阜生活，其童年生活的艰难困苦就可想而知了。孔子从小就学会了很多生活必需的技能，这些技能都是贵族孩子不可能掌握的，在孔子身上真正地体现了穷人的孩子早当家。

太宰问于子贡曰："夫子圣者与？何其多能也？"子贡曰："固天纵之将圣，又多能也。"子闻之，曰："太宰知我乎！吾少也贱，故多能鄙事。君子多乎哉？不多也。"（《论语·子罕篇》）太宰向子贡问道："孔夫子是圣人吧？为什么这样多才多艺呢？"子贡回答说："这本是上天要他成为圣人，所以才让他多才多艺。"孔子听了之后说："太宰了解我吗？我小时候贫贱，所以才会这么多卑贱的技艺。作为贵族需要掌握这么多技艺吗？他们不需要。"孔子把他的多才多艺归因于"吾少也贱，故多能鄙事"。

达巷党人曰："大哉孔子！博学而无所成名。"子闻之，谓门弟子曰："吾何执？执御乎？执射乎？吾执御矣。"（《论语·子罕篇》）达巷这个地方的人说："孔子真了不起，学识渊博，可是没有足以树立名声的专长。"孔子听到后对学生们说："我的专长是干什么呢？是赶马车还是射箭？我的特长就是赶马车吧！"这也算是孔子"吾少也贱，故多能鄙事"的自我调侃吧！

孔子对谈情说爱也很有一套

在人们的印象中，孔子是一名道德君子，整天板着脸，站在道德的至高点上。读了《论语》之后，发现孔子是一个很有生活情趣的人。他除了说道德之外，也谈论爱情，参加爱情诗的讨论。"唐棣之华，偏其反而。岂不尔思？室是远而。"子曰："未之思也，夫何远之有？"（《论语·子罕篇》）"唐棣开花随风翻滚如翩翩之舞。对你啊怎么不思念？只是因为太遥远。"孔子说："不是真的思念吧，真的思念还管什么遥远？"孔子的这一段话是在什么情况下说的，我无从得知，我想是孔子在和学生们讨论《诗经》的时候发出的感叹吧。这可以说明，孔子不仅参加爱情诗的讨论，而且很有见解。《诗经》上的男子用随风起舞的唐棣花形容心爱的女子，同时表达了对她的思念之情，但感叹因为路途遥远，不能去看她，表现出无尽的遗憾。孔子对这样的男人提出了批评：你不是真的思念吧！如果真的思念，还会害怕路途遥远吗？我们已经无法考证孔子是否跑到一个遥远的地方和他心爱的女子相会，但从他的字里行间可看出，孔子也是一个想爱就爱的人。看来孔子是一个谈情说爱的高手啊！

孔子也会因好色引发囧事

孔子也好色，他强调食、色性也，认为好色是人的天性，色和吃饭一样是人的天性。子曰："吾未见好德如好色者也。"（《论语·子罕篇》）子曰："已矣乎！吾未见好德如好色者也。"（《论语·卫灵公篇》）孔子在多处强调："我没有看见过喜欢美德就像喜欢美色那样的人。"这种感叹发自孔子的内心，对他人的评价同时也是对自己的评价。孔子不反对好色，只是要约束自己，做到好色而不淫。什么是淫呢？淫指的是淫人妻女。喜欢漂亮的女孩不是罪过，但行为要止乎礼。

《论语》中记录了一段孔子因好色而引发的囧事。子见南子，子路不说。夫子矢之曰："予所否者，天厌之！天厌之！"（《论语·雍也篇》）南子是卫灵公的夫人，作风淫乱。孔子见了作风淫乱的卫灵公夫人，孔子的学生子路知道后很不高兴。孔子发誓说：

"我没有干见不得人的事，如果有，天诛地灭！天诛地灭！"南子作风淫乱是人所共知的事，连孔子的学生子路都知道，见这样的人不妥当，也没有必要，但孔子还是见了，原因是南子实在长得太漂亮了，孔子非常想见她。为什么这么说呢？因为孔子如果不想见，完全可以不见，只要对比孔子不想见孺悲所采用的办法，就知道孔子内心是十分想见美女的。孺悲欲见孔子，孔子辞以疾。将命者出户，取瑟而歌，使之闻之。（《论语·阳货篇》）孺悲想拜见孔子，孔子说自己有病拒绝了。传话的人刚出门，孔子就拿起瑟边弹边唱，故意让孺悲知道。可以看出孔子对他不想见的人拒绝得很干脆，还故意让对方知道，我不想见你。这个故事说明孔子对他不想见的人完全可以不见，而对美貌的南子却欣然相见，可以看出孔子想见美女的心情。

见了之后孔子自己也觉得不太妥当，见子路不高兴，对子路发誓。哪有老师向学生发誓自己没有做坏事的？子路不高兴也许只是认为孔子见了南子有损其声誉，但孔子却发誓自己没有干过见不得人的事，估计当时很着急，所以才会说："我没有干见不得人的事，如果有，天诛地灭！天诛地灭！"

孔子能吃苦也能享受

子曰："君子食无求饱，居无求安，敏于事而慎于言，就有道而正焉，可谓好学也已。"（《论语·学而篇》）孔子说："君子饮食不要求丰盛，居住不要求舒适，做事要敏捷，言语要谨慎，接近有道德的人来匡正自己的行为，就算是好学了。"子曰："士志于道，而耻恶衣恶食者，未足与议也。"（《论语·里仁篇》）孔子说："一个称之为士的人有志于追求理想，却又为穿破衣服吃粗粮而感到羞愧，跟这种人是没有办法一起探讨真理的。"子曰："士而怀居，不足以为士矣。"（《论语·宪问篇》）孔子说："一个称之为士的人，如果还留恋家庭生活就不配称士了。"以上这些，都是孔子强调的，为了追求理想要受得了吃不饱、穿不暖的窘境，也要适应居无定所的生活。孔子也确实做到了这一点。在陈绝粮，从者病，莫能兴。子路愠见曰："君子亦有穷乎？"子曰："君子固穷，小人穷斯滥矣。"（《论语·卫灵公篇》）孔子一行人在陈国断了粮，跟随的人都饿得站不起来了。子路生气地来见孔子，说："君子也有这样穷困潦倒的时候吗？"孔子说："君子穷困潦倒依然还能坚持自己的原则，小人穷困潦倒就什么事都干得出来了。"这真实地反映了孔子在追求真理的道路上所经历的苦难，也说明孔子虽然穷困潦倒，但依然不放弃理想。

孔子在条件允许的时候也很会享受。食不厌精，脍不厌细。食饐而餲，鱼馁而肉败，不食。色恶，不食。臭恶，不食。失饪，不食。不时，不食。割不正，不食。不得其酱，不食。肉虽多，不使胜食气。惟酒无量，不及乱。沽酒市脯不食。不撤姜食，不多食。（《论语·乡党篇》）粮食不嫌舂得精，鱼肉不嫌切得细。饭食霉烂变味，鱼肉腐败，不吃；食物颜色变了，不吃；气味难闻了，不吃；不合时令的，不吃；烹调不得当的，不吃；肉切不方正的，不吃；没有合适的酱料，不吃。肉虽然多，食用时不能超过饭食的量。只有酒不限量，但是不能喝醉乱来。打来的酒，买来的肉脯，不食用。吃完饭后，姜不撤除，但也不过多食用。

君子不以绀緅饰。红紫不以为亵服。当暑，袗絺绤，必表而出之。缁衣，羔裘；素衣，麑裘；黄衣，狐裘。亵裘长，短右袂。必有寝衣，长一身有半。狐貉之厚以居。去丧，无所不佩。非帷裳，必杀之。羔裘玄冠不以吊。吉月，必朝服而朝。（《论语·乡党篇》）君子不用天青色和铁红色做衣服的镶边，不用浅红色和紫色的布料做便服。暑天，穿粗葛布或细葛布的单衣，穿在外面，里面要穿衬衣。羊羔袍子要配黑色的罩衫；麑皮袍子要配白色的罩衫；狐皮袍子要配黄色的罩衫。居家穿的皮袍较长，右边的袖子要短，方便做事。要准备好睡觉的衣服，长一身半。坐的垫子要用厚的狐皮、貉皮。服丧期满，什么装饰品都可以佩戴。不是朝服和祭服，一定要裁去多余的布料。羊羔袍子和黑色礼帽，不能在吊丧的时候用。每月初一，一定要穿上朝服朝拜。

孔子很会享受，但为了实现自己的理想，可以吃任何苦！

孔子爱憎分明、为人正直

孔子不喜欢不正直的人。子曰："孰谓微生高直？或乞醯焉，乞诸其邻而与之。"（《论语·公冶长篇》）孔子说："谁说微生高正直？有人向微生高讨点儿醋，他自己家里没有，就从邻居家讨来再给人家。"孔子认为这是不直爽的表现，没有就是没有，何必如此？子曰："巧言、令色、足恭，左丘明耻之，丘亦耻之。匿怨而友其人，左丘明耻之，丘亦耻之。"（《论语·公冶长篇》）孔子说："花言巧语、面目伪善、过分恭顺，左丘明认为是可耻的，我也认为是可耻的。内心怨恨，表面上却表现得很友好，左丘明认为是可耻的，我也认为是可耻的。"孔子认为内心有怨恨却表现得很友好是不正直的表现，在他看来是可耻的。

子曰："人之生也直，罔之生也幸而免。"（《论语·雍也篇》）孔子说："人生存靠的是正直，诬枉不正直的人也能生存，那是凭侥幸免遭灾祸。"在这里，孔子把正直上升到人生存之根本的高度。

孔子喜欢正直的人，首先他自己也应该是正直的人，这从他的言行可以充分地表现出来，他喜欢一个人，会直截了当地表达，对不喜欢的人，批评也是直截了当的。

孔子最喜欢的弟子是颜回，他对颜回的喜欢是溢于言表的。子曰："贤哉，回也！一箪食，一瓢饮，在陋巷，人不堪其忧，回也不改其乐。贤哉，回也！"（《论语·雍也篇》）孔子说："贤能啊，颜回！靠一小竹篮米饭，一瓢水，住在简陋的小巷里，别人都难以忍受贫困的烦扰，颜回却从来没有改变追求理想的志趣。贤能啊，颜回！"

哀公问："弟子孰为好学？"孔子对曰："有颜回者好学，不迁怒，不贰过。不幸短命死矣。今也则亡，未闻好学者也。"（《论语·雍也篇》）鲁哀公问孔子："你的弟子中谁最好学？"孔子说："有一个叫颜回的最好学，他从来不会把怒气发泄到别人身上，也从来不犯同样的错误。可惜已经去世了，现在没听说谁好学了。"

孔子对颜回的喜欢毫不掩饰，对颜回不幸英年早逝表达了无尽的惋惜。

子曰："道不行，乘桴浮于海。从我者，其由与？"子路闻之喜。子曰："由也好勇过我，无所取材。"（《论语·公冶长篇》）孔子说："要是我的学说不能推行，我就乘木排漂浮于大海之上，到那时，跟随我的大概就只有子路了吧？"子路听了很高兴。孔子又说："子路啊！你的勇敢大大超过了我，但是你除此以外，就没有其他优点了。"孔子的正直就在于此，在表扬的同时也不忘说出缺点。

子曰："吾未见刚者。"或对曰："申枨。"子曰："枨也欲，焉得刚？"（《论语·公冶长篇》）孔子说："我还没有遇见过真正刚强的人。"有人说："你的学生申枨怎么样？"孔子说："申枨私欲很重，怎么可能刚强？"孔子认为无欲则刚，有私欲的人不可能刚强。

孔子的学生做了他认为不对的事，他不但自己骂，还动员学生一起骂。季氏富于周公，而求也为之聚敛而附益之。子曰："非吾徒也。小子鸣鼓而攻之，可也。"（《论语·先进篇》）季氏的财富已经超过了周公，而冉求还为季氏搜刮钱财。孔子说："冉求不是我的学生，弟子们，你们可以大张旗鼓地声讨他。"

孔子骂人骂出了跨世纪的水平

孔子骂人的水平可不一般。孔子骂人不光表达了他的不满，而且骂出了文采，堪称千古一骂。

宰予昼寝。子曰："朽木不可雕也，粪土之墙不可杇也；于予与何诛？"子曰："始吾于人也，听其言而信其行；今吾于人也，听其言而观其行。于予与改是。"（《论语·公冶长篇》）孔子的学生宰予白天睡觉。孔子说："腐朽的木头没有办法雕刻，粪土似的烂泥墙没有办法粉刷。对于宰予我还能责备什么呢？"孔子又说："原先我对人，听到他的话就相信他的行动；如今我对人，听他的话，还要考察他的行动。从宰予这件事，我有了这样的改变。"

宰予是优等生，也是孔子喜欢的学生，正因为如此，孔子对他寄予厚望，看见宰予白天睡觉，他颇为失望，所以有烂泥扶不上墙之骂。此骂成了国骂，充分体现出孔子对自己心爱而且寄予厚望的学生爱之深而责之切的感情。

原壤夷俟。子曰："幼而不孙弟，长而无述焉，老而不死，是为贼。"以杖叩其胫。（《论语·宪问篇》）原壤是孔子的朋友。汉代以前没有凳子，人双膝跪地，屁股坐在自己的脚上。而原壤坐在地上，又开双腿等孔子。孔子觉得难看就骂道："你这个人年幼的时候不敬爱兄长，长大了又没有让人称道的地方，这么老了还没有死，真是害人精啊！"

只因为坐姿难看，不合"礼"的要求，孔子对自己的老朋友破口大骂，毫不留情面，连老不死、害人精这样的话也骂出了口，这似乎也超出"礼"的要求了吧！但不得不承认，孔子的骂骂出了文采，属于跨世纪之骂！

霍金为老子做了最好的注释

　　《老子》又名《道德经》，是中国少有的可以被称之为哲学著作的伟大作品。《老子》之所以被称为哲学著作，是因为它论述了宇宙的起源，回答了人类从哪里来、到哪里去。《老子》的文字看似简单，却很难理解，有的文字甚至两千五百年来没有被真正理解过。正因为《老子》难以理解，所以才会被称为"三玄"之一（《易经》《道德经》《南华经》被称为"三玄"，《南华经》即《庄子》）。

　　《老子》第一章中写道："道可道，非常道。名可名，非常名。无名天地之始；有名万物之母。故常无欲以观其妙；常有欲以观其徼。此两者同出而异名，同谓之玄，玄之又玄，众妙之门。"人们将其翻译为，"道"是可以阐述解释的，但经解说的"道"已经不同于浑然一体、永恒存在的"道"了。"道"也是可以被命名的，但一经命名就不再是浑然一体、永恒存在的"道"了。"无"称为天地的初始，"有"称为万物的本原。因此，恒常的"无"可以观察"道"的微妙，恒常的"有"可以观察"道"的边际。"无"和"有"

同出于"道"，只是名称不同罢了，"无"和"有"都可谓玄妙，是玄妙中的玄妙，是宇宙万物变化的源头。《老子》第四十章还有"天下万物生于有，有生于无"的论述，这个文字过于直白，不用翻译。

虽然经历了两千五百年，但"无"和"有"这两个概念的内涵与外延没有实质的改变，这两个概念不需要翻译，也没有办法翻译。《老子》对"无"和"有"的一系列判断，两千五百年来并不能被人们所理解。宇宙万物生于"无"，"无"和"有"是同价值的，"无"可以生"有"，"有"也可以变为"无"。人们背诵《老子》，解释《老子》，然而有谁真正理解老子对"无"和"有"的论述呢？因为无法理解，所以才会被称为玄论。

我作为一个庸俗之人，自然也无法对《老子》中的"无"和"有"做准确的理解。近日有空阅读霍金的《时间简史》，读到第八章"宇宙的起源与命运"，我大为感动，因为霍金为《老子》"无"和"有"的论述做了极其精准的注释。

霍金在描述宇宙为什么会有这么多物质的时候说，在我们能观察到的宇宙中，大约有1亿亿亿亿亿亿亿亿亿亿亿（1后面有80个0）个粒子，它们从何而来？根据量子理论，粒子可以以粒子、反粒子对的形式由能量创生出来。能量从何而来？宇宙的能量总和为零。宇宙的物质是由正能量产生的，然而物质总是相互吸引的，要分开相互吸引的物质需要巨大的能量，所以引力场是负能量的，人们可以证明，物质表达的正能量正好抵消了引力场的负能量。这样宇宙的能量总和为零。根据爱因斯坦广义相对论的质能公式，能量等于物质的质量乘以光速的平方。质量和能量可以互换，宇宙能量总和为零的判断就等于宇宙质量总和为零。霍金引用了固斯的话："正如固斯所说：'都说没有免费的午餐这回事，但宇宙确实是最彻底的免费午餐。'"

宇宙的初始物质是无中生有，是最彻底的免费午餐，这是对老子的"宇宙万物生于无"这一判断最好、也是最精准的解释；宇宙的能量总和为零，即质量总和为零，也就是说宇宙的万有其实质也等同于无，这与老子"无和有等价"的思想一致。能量可以生成正反粒子，正反粒子湮灭产生能量，这就是老子有无相生的另一种说法。

阅读霍金的《时间简史》使我对老子关于宇宙"无"和"有"的论述有了具体的、科学层面的理解，我除了感动还是感动。感动于我们祖先的伟大，感动于当今科学家的严谨。感动之余却没有高兴，一点儿也没有阿Q那种我们的祖先曾经很智慧的自豪，因为这恰恰说明，曾经领先世界的中国后来落后了，我们没有自己的祖先智慧，甚至连祖先的思想也理解不了，祖先的智慧不足以让我们炫耀。幸好中国人及时醒悟，没有沉浸在祖先的荣耀之中，目前在量子力学领域，我国有了很大的进步。

霍金在《时间简史》一书中为了描述宇宙的能量总和为零，还做了一番有趣的比喻：以前一个人存款为零就无法消费，金融机构创设了透支制度，那就不同了，一个存款为零的人可以透支两百美元，宇宙的物质就如同这透支的两百美元，宇宙就如同存款为零的人，他手上有两百美元，但他欠银行两百美元，他的存款还是零。

霍金的这个比喻真是太有趣了，他把宇宙的有、无用当今的金融制度来比喻。现代金融制度可以使一个净资产为零，甚至净资产为负的人拥有很大的产业。在虚拟经济高度发达的今天，特别容易造就富豪，也容易上演富豪破产的人间悲剧，这些剧情的实质就是在金融市场在玩有与无的游戏。这使我想起美国华尔街曾上演的一场有、无游戏的大战——机构做空股市，散户满仓股票。这场大战被称为是另一场占领华尔街运动。

霍金认为宇宙的无中生给上帝留下了空间，可以把宇宙万物的创设归功于上帝。上帝创设的宇宙相当稳定，至少可以存在200亿年。美国不是上帝，美国创设的虚拟经济并不稳定，2008年美国的金融危机已经说明这一点。如果美国华尔街的金融家们再一味地玩空、玩虚，那么，离美国金融霸权倒台就不远了！

孔子的生态文明思想

　　生态文明是近几年才提出来的一个概念。在出现工业文明之前，由于生产力水平比较低，人们对大自然的索取和破坏有限，自然生态环境没有遭到严重的破坏，人与自然处于相对和谐的状态。产生工业文明之后，随着生产力水平的不断提高，人们介入自然、改变自然的能力大大提高，同时人类赖以生存的自然环境也受到了极大的破坏。现在人们强调生态文明，是人类的一种悔悟，实际上只是希望人们赖以生存的生态环境有所恢复罢了。生态文明受到严重破坏之前，人们享受着蓝天白云，呼吸着清新的空气而不自知，当蓝天不常现、雾霾常在的时候，人们才意识到生态文明的重要性。人类没有提出生态文明的概念，并不等于没有生态文明。近几年，全国乃至全世界都重视生态环境的保护，这使生态环境恶化的速度有所减缓，少数地方还有所恢复，但远远没有恢复到工业文明出现之前。笔者无法给生态文明下一个准确的定义，但笔者认为生态文明至少应该包含以下内容：人类不是自然的主宰，人类不能创造生态文明，人类可以介入自然活动，但必须遵循自然规律；生态文明最主要的内容应该是对人类行为的约束，使人类对自然的破坏与修复可以达到平衡。

习总书记在论述生态文明的时候引用了《论语》中的句子："子曰：'子钓而不纲，弋不射宿。'"人们对大自然要取之以时，取之有度，这是中华民族智慧的体现，对今天的生态文明建设仍有指导意义。

生态文明是一个新名词，孔子肯定没有考虑过生态文明，但作为圣人的孔子在两千五百年前就强调人与自然要和谐相处，体现了生态文明的思想。

自然规律不以人们的意志为转移

子曰："予欲无言。"子贡曰："子如不言，则小子何述焉？"子曰："天何言哉？四时行焉，百物生焉。天何言哉？"（《论语·阳货篇》）孔子说："我不想再说什么了。"子贡说："你如果不再讲述你的言论，那么学生们传述什么呢？"孔子说："上天说了些什么？四季照样运行，万物照样生长。上天说了些什么？"孔子的这段话除了和他一贯主张的"讷于言敏于行"的思想一致外，还强调了自然规律是不以人们的意志为转移的。孔子在这里说的天不是神格的天，也不是宗教的天，这里的天是指可见的自然的天，泛指宇宙。他说宇宙的内在力量控制着四季的变化，使万物生生不息。这种四季的变化、万物的生生不息，有其自身规律，和人怎么说、怎么想没有关系。这反映出儒家的宇宙观和生命哲学思想，人只是自然宇宙中的一分子，只是一名参与者，不是也不能成为自然宇宙的主宰。

人类索取自然资源应当有限度

子曰："子钓而不纲，弋不射宿。"（《论语·述而篇》）"纲"原指渔网上的总绳，这里指在河上拦网捕鱼。"弋"指带细绳的箭，以便收取猎物。"宿"指歇宿鸟巢中的鸟。这一段话的意思是，孔子用钓竿钓鱼，但不用网捕鱼；用箭射鸟，但不射归宿鸟巢的鸟。其目的是让人们猎杀生物时有所节制，以利于自然生物的生长。取物有节，可以使人类与自然和谐相处。这种和谐实际上就是我们今天所说的生态文明。

人类进入工业文明以后，生产力水平大大提高，从自然获取资源的能力也大大增强，人类为了自身的利益，无节制地从自然界获取财富，最后导致大量物种灭亡，自然环境遭到巨大的破坏，人类也遭到大自然无情的报复——气候变暖，自然灾害频发。人类这才逐渐有了保护生态的观念。其实我们的老祖宗早就告诉过我们，对大自然不能无节制地贪求，否则会受到报复。《吕氏春秋》言："竭泽而渔，岂不获得？而明年无鱼；焚薮而田，岂不获得？而明年无兽。"抽干湖水捕鱼，怎么可能捕不到？但是明年就没有鱼了；烧毁树林打猎，怎么可能打不到猎物？但是明年就没有野兽了。我们的老祖宗早就告诫过我们，不能只看眼前的利益，抽干湖水捕鱼，今年的收获大，但会断了将来的收获；焚烧树林打猎，会带来物种的灭绝，以后就无猎可打了。我们不是不懂这样的道理，只是为了一己之私，明知不可为而为之。这样做的人认为，获利的是自己，而遭受自然惩罚的不一定是自己。人类过度使用矿石燃料，温室气体过多地排放，导致气候变暖，南极的冰川融化，海平面升高，极端气候增多，有的国家即将被淹没，但在要求相关国家减少温室气体的排放时，每个国家都希望其他国家多一点儿减排义务，减排协议很难达成。因为被大海淹没的不是排放温室气体多的国家，极端气候也不一定发生在温室气体排放多的国家。美国退出《巴黎气候协定》就是因为一己之私。人类如果对此没有深刻的认识，那么有一天毁灭的就不是某个国家，而是整个人类。

人们应该尊重自然、享受自然，与自然和谐相处

色斯举矣，翔而后集。曰："山梁雌雉，时哉时哉！"子路共之，三嗅而作。（《论语·乡党篇》）看见一群野鸡飞，孔子神色动了一下，野鸡飞翔了一阵全部落在树上。孔子说："这些山梁上的雌野鸡，得其时啊，得其时啊！"子路对它们拱拱手，野鸡便叫了几声飞走了。这段文字的描写如同一段美妙的轻音乐，轻松愉快、惬意舒适。你看，孔子和他的学生，走在幽静的山谷中，一群野鸡，被行走的人群惊扰后飞走，看到人群并没有伤害它们的举动，又在远处的一个树上落下。孔子向往它们可以自由自在地飞翔，所以有了"时哉时哉"的感叹。孔子的得意门生子路还向这群野鸡拱拱手，

然后这群野鸡飞走了。如果把它画成一幅画，也应极为优美、和谐、自然。子路对这群野鸡拱拱手，也反映了他们对自然的尊重。

子路、曾皙、冉有、公西华侍坐。子曰："以吾一日长乎尔，毋吾以也。居则曰：'不吾知也！'如或知尔，则何以哉？"子路率尔而对曰："千乘之国，摄乎大国之间，加之以师旅，因之以饥馑；由也为之，比及三年，可使有勇，且知方也。"夫子哂之。"求！尔何如？"对曰："方六七十，如五六十，求也为之，比及三年，可使足民。如其礼乐，以俟君子。""赤！尔何如？"对曰："非曰能之，愿学焉。宗庙之事，如会同，端章甫，愿为小相焉。""点！尔何如？"鼓瑟希，铿尔，舍瑟而作，对曰："异乎三子者之撰。"子曰："何伤乎？亦各言其志也。"曰："莫春者，春服既成，冠者五六人，童子六七人，浴乎沂，风乎舞雩，咏而归。"夫子喟然叹曰："吾与点也！"三子者出，曾皙后。曾皙曰："夫三子者之言何如？"子曰："亦各言其志也已矣。"曰："夫子何哂由也？"曰："为国以礼，其言不让，是故哂之。""唯求则非邦也与？""安见方六七十如五六十而非邦也者？""唯赤则非邦也与？""宗庙会同，非诸侯而何？赤也为之小，孰能为之大？"（《论语·先进篇》）子路、曾皙、冉有、公西华陪孔子坐着。孔子说："不要因为我比你们年长一些，而不敢说话。平时你们说：'没有人了解我、赏识我！'假如有人赏识你们，请你们从政，那么你们会做些什么？"子路急忙回答道："让我治理有千辆战车的中等国家，这个国家夹在几个大国之间，邻国把战争强加给它，上天又降下饥荒，我来治理这个国家，过了三年，可以使人民个个有勇气，并且知道做人的道理。"孔子微微一笑。孔子又问："冉求，你会怎样？"冉求回答："一个纵横六七十里或五六十里的小国，如果让我来治理，过了三年，可以让这个国家的百姓富足。至于礼、乐的教育，只能等待贤德君子来施行了。"孔子又问公西华："公西华，你的志向如何？"公西华回答道："我不敢说我已经能够做好某件事情，但是我愿意学着做好某件事。不论是宗庙祭祀还是诸侯会盟，我愿意穿着礼服，戴着礼帽，做一个小傧相。"孔子又问曾皙："曾点，你会怎样？"曾皙正在鼓瑟，听到孔子的问话，鼓瑟声音渐渐低下来，铿的一声，他把瑟放下，站起来回答道："我的志向跟他们三位说的不同。"孔子说："这又有什么关系呢？我正是要每个人谈谈自己的志向啊！"曾皙回道："暮春的时候，穿着春装，我愿意和五六位成年人、六七位少年，到沂水边洗个澡，在舞雩台上吹吹凉风，然后一起唱着歌回家。"孔子长叹一声，说："我赞成曾皙的想法！"子路、冉求、公西华三个人都出去了，曾皙留在后面。曾皙问孔子："他们三位的话怎么样？"孔子说："只不过是各人谈各人的志向罢了。"曾皙说："老师为什么要笑仲由呢？"孔子说："治国要讲究礼让，子路的话不谦让，所以我笑他。"曾皙说："难道冉求所讲的就不是国家吗？"孔子说："哪里见得纵横六七十里或五六十里就不是国家呢？"曾皙又说："难道公西华讲的不是国家吗？"孔子说："宗庙祭祀、诸侯盟会，不是国家的事务又是什么呢？如果公西华只能当小傧相，那么又有谁能当大傧相呢？"

　　《论语》中的这一章是孔子的学生们谈志向。子路的志向是让一个中等的国家富强；冉求的志向是治理好一个小国；公西华的志向是在宗庙祭祀或诸侯会盟的时候做一名小傧相；曾皙的理想很特别，是在暮春时节，在沂水洗个澡，然后沐浴着春风，唱着歌回家。孔子出人意外地同意曾皙的想法。孔子为了推行儒家的仁治思想，周游列国，遭受旁人的冷言冷语，四处碰壁，但他毫无怨言。人们猜孔子的志向是要做在世文王，治理好整个国家，没想到孔子的志向与曾皙一样，是享受优美的环境，过平淡的生活。

实际上孔子有这样的想法并不奇怪，这里有一个人类的终极目标是什么的问题。人类的终极目标不是建立什么样的国家、什么样的社会制度，这些都不是目标，只是手段，终极目标是让世界上所有的人过上平安而幸福的生活。享受优美的环境是生态文明的主要内容，也是人类追求生态文明的终极目标。

我们要发展科学技术，发展生产力，创造更多的财富，但科学技术发展了，生产力提高了，人们拥有的财富也增加了，人们却并没有因此而变得更幸福。因为在科技发展、生产力提高、财富增加的同时，环境变差了，以前人人都能享受的蓝天白云、青山绿水，已经变成最大的奢求。应该让我们人类回归追求幸福的初衷，让人们可以享受优美的环境，过平安的生活。

老子对宇宙的终极追问

老子在《道德经》中创设了一个哲学概念——道。道是老子思想的核心内容。老子的道不仅包含宇宙万物的发展规律，而且包含宇宙的本源。老子也是先秦诸子百家中唯一对宇宙本源进行追问的思想家。

爱因斯坦广义相对论的宇宙大爆炸理论为世人所推崇。该理论认为大爆炸是宇宙的起点，宇宙爆炸才有了时间和空间。这一个起点被称为奇点，这是能量向物质的转化。爱因斯坦的质能转换公式为能量等于质量乘以光速的平方。宇宙大爆炸产生大量的基本粒子，基本粒子形成浩瀚的宇宙。

老子对宇宙起源也有类似的构想。

老子《道德经》第一章："无名天地之始；有名万物之母。故常无欲以观其妙；常有欲以观其徼。此两者同出而异名，同谓之玄，玄之又玄，众妙之门。"老子用"无"为天地的开始命名，用"有"为宇宙形成之前的物质形态命名。研究"无"是为了了解无中生有之道的微妙；研究"有"可以知道宇宙之道的边界。"无"和"有"相同，只是名称不同，"无"和"有"同样玄妙，是玄妙中的玄妙，它们是宇宙万物的源头。

《道德经》第四十章："天下万物生于有，有生于无。"老子认为宇宙万物是由宇宙最初的物质形态转变而来的，而宇宙最初的物质形态来源于"无"。

《道德经》第二十五章："有物混成，先天地生。""有物混成"同样是对宇宙形成之前物质处于混沌形态的描述，是"有"的另一种表达。

老子认为"无"就是宇宙（被老子称之为天地）的起点，这个起点是"无"向"有"的转化过程，即老子所说的"有生于无"的过程，"无"和"有"这两点实际是重合的一点。"无"和"有"是相同的，只是名称不同。宇宙形成之前的物质存在"有"，只是构成宇宙的基本物质形态不等于宇宙，宇宙的形成有一个过程。

老子的宇宙论不能等同于爱因斯坦的广义相对论，老子没有说宇宙起源于大爆炸，老子也不懂质能转换，更不懂构成宇宙的基本粒子，但这并不影响他的宇宙构想与爱因斯坦的广义相对论高度契合。如果用"无"代表能量形式的存在，"有"代表基本粒子的存在，那么老子的宇宙模型就与爱因斯坦的广义相对论中的完全契合了。若把老子《道德经》中的"无"用"能量"两字代替，"有"用"基本粒子"代替，那么老子的文章就成科学论著了。

老子的宇宙论虽然粗糙，但古朴而完美，实在难掩其智慧的光芒。

批判韩非的批判之一

　　韩非是法家的集大成者，著有《韩非子》，共十万余字。《韩非子》可谓文采飞扬，文字极具煽动性，从文字的角度看，那真是无可挑剔，但就其内容看，有失偏颇，有的内容还极具危害。正因为他的文章文采飞扬，也极具煽动性，不明就里者极易被其迷惑。如《韩非子》有《难一》《难二》《难三》《难四》等文章，都是通过对前人思想的批判，以推销他的法家思想。文章的确是好文章，但就其内容而言，充满谬误，应该加以批判，这是笔者对《韩非子》批判前人的批判。笔者挑选《韩非子》批判文章中影响比较大的内容批驳之，以供方家一笑。

　　历山之农者侵畔，舜往耕焉，期年甽亩正。河滨之渔者争坻，舜往渔焉，期年而让长。东夷之陶者器苦窳，舜往陶焉，期年而器牢。仲尼叹曰："耕、渔与陶，非舜官也，而舜往为之者，所以救败也。舜其信仁乎！乃躬藉处苦而民从之。故曰：圣人之德化乎！"

　　或问儒者曰："方此时也，尧安在？"

其人曰："尧为天子。"

然则仲尼之圣尧奈何！圣人明察，在上位，将使天下无奸也。今耕渔不争，陶器不窳，舜又何德而化？舜之救败也，则是尧有失也。贤舜则去尧之明察，圣尧则去舜之德化，不可两得也。楚人有鬻盾与矛者，誉之曰："吾盾之坚，物莫能陷也。"又誉其矛曰："吾矛之利，于物无不陷也。"或曰："以子之矛，陷子之盾，何如？"其人弗能应也。夫不可陷之盾，与无不陷之矛，不可同世而立。今尧舜之不可两誉，矛盾之说也。

且舜救败，期年已一过，三年已三过。舜寿有尽，天下过无已者。以有尽逐无已，所止者寡矣。赏罚使天下必行之，令曰："中程者赏，弗中程者诛。"令朝至暮变，暮至朝变，十日而海内毕矣，奚待期年？舜犹不以此说尧令从己，乃躬亲，不亦无术乎？且夫以身为苦而后化民者，尧、舜之所难也；处势而骄下者，庸主之所易也。将治天下，释庸主之所易，道尧、舜之所难，未可与为政也。《韩非子·难一》

译文如下：

历山一带的务农者相互侵占耕地，舜就前往那里耕种。一年后，各自的田界都恢复了正常，没有人再侵占他人的耕地。黄河边的渔夫为了钓鱼，相互争夺水中的高地，舜就前往那里打鱼。一年后，大家都礼让年长的人在水中高地钓鱼。东夷的陶工制出的陶器粗劣，舜到那里制陶，一年后，大家制出的陶器都很牢固。孔子赞叹道："种田、打鱼和制陶，都不是舜的管理范围，而舜去干这些活儿，是为了纠正败坏的风气。舜确实忠信仁厚啊，竟能亲自吃苦操劳，使民众都听他的。所以说：圣人的道德真能感化人啊！"

有人问儒家的人："就在舜做这些事情的时候，尧在哪里？"

　　儒者说："尧在做天子。"

　　既然这样，孔子说尧是圣人又该如何解释呢？圣人处在君位上，明察一切，会使天下没有坏风气。如果种田的、打鱼的没有争执，陶器也不粗劣，舜又何必用道德感化他们呢？舜去纠正败坏的风气，就证明尧有过失。认为舜贤就是否定尧的明察，认为尧圣就是否定舜的德化，不可能二者都是对的。楚国有个卖矛和盾的人，夸他的盾说："我的盾最坚固，没有什么东西能够刺穿它。"又夸他的矛说："我的矛最锐利，没有什么东西是刺不穿的。"有人说："拿你的矛刺你的盾，会怎么样呢？"卖矛和盾的人就无法回答了。什么都刺不穿的盾和没有什么是刺不穿的矛，是不可能同时存在的。现在尧和舜不能同时称赞，就如同上面所讲的矛和盾不能同时存在一样。

　　再说舜纠正败坏的风气，一年纠正一个过错，三年纠正三个过错。舜的寿命有限，天下的过错却没有休止。用有限的寿命对待没有休止的错误，能纠正的就很少了。赏罚能使天下人必须遵行，并且命令说："符合条令的就赏，不符合条令的就罚。"法令早上下达，过错傍晚就纠正了，法令傍晚下达，过错第二天早上就纠正了，十天之后，全国都可以纠正完毕，何苦要等上一年？舜还不据此说服尧，让尧听从自己，却要亲自劳作，不也是没有统治办法吗？况且那种自身受苦感化民众的做法，是尧、舜也难以做到的；处在有权势的地位用命令纠正臣民的做法，是庸君也容易做到的。想治理天下，放弃庸君都容易成功的方法，遵行尧、舜都难以实行的办法，是不能说他懂得治国之道的。

笔者为什么选择韩非批判尧、舜、孔子的这段文字进行批判呢？因为韩非"自相矛盾"的这个寓言故事深入人心，他的这段文字极具欺骗性，所以笔者认为有批判的必要，对韩非的批判可以起到以正视听的效果。

被孔子称之为圣人的尧、舜在韩非看来一文不值，原因是尧、舜不懂依法治国。孔子不按逻辑谬赞尧、舜，这种赞美恰恰说明尧的不贤不圣。在孔子描述的事迹中，尧和舜不可能同为圣贤，就如同不能被刺穿的盾和没有什么是刺不穿的矛是不可能同时存在的一样。

韩非批判早他两千多年的尧、舜为什么不用他的法家之术来治理国家，这本身就极端荒谬，就好像我们现代人嘲笑韩非时代的人用筹、策计算而不用计算机计算一样荒谬！下面笔者对韩非的错误逐一进行批判。

"舜之救败也，则是尧有失也"是一个错误的判断。在圣人的统治下，社会也会出现败坏的风气，出现败坏风气就归于统治者的过失，这是错误的。只要圣人能纠正这些败坏的社会风气，圣人仍不失为圣人。尧为天子，在尧的统治下社会出现了败坏的风气，并不影响尧的圣人形象，因为在尧的麾下有舜这样道德高尚的能臣可以"救败"，能及时纠正社会出现的败坏风气。尧作为圣人，体现在他有知人之智，能用舜为大臣，为他解决天下的大事小事。天下在任何人统治之下都会出现败坏的风气或者其他更为严重的问题，但只要统治者能解决问题，维护社会稳定，那么这样的统治者仍不失为圣人。如果社会出现问题，统治者又不能解决，使矛盾积累激化，置人民于水深火热之中，那么，统治者就会跌下圣人的神坛。韩非认为社会只要出现败坏风气，就是统治者的过失，这种判断是错误的。

尧、舜的时代不时出现的社会败坏风气与韩非的时代不断出现的杀父弑君相比，简直一个天上一个地下。韩非如果能把任何一个诸侯国治理得只有败坏的社会风气而没有杀父弑君的恶行，那么他比圣人还要圣人。

贤舜和尧之明察可以同时存在并不矛盾。尧和舜的关系不是矛和盾的关系，如果一定要打比方，舜如果是矛，那么尧便是那个持矛的人，如果舜是没有什么是刺不穿的矛，尧就是拿着这个矛而天下无敌的统治者。尧的圣贤，就是靠舜的不断"救败"以使社会获得安宁而体现出来的。

"舜救败，期年已一过，三年已三过"的速度并不慢。在尧、舜时代，矛盾缓和，舜用道德感化，使原来有矛盾的地方不再发生同样的矛盾，看似慢，实际上效率很高，舜的寿命有限，而矛盾无限，圣人统治的一个特点就是有可以随时解决矛盾的能臣存在。

法治的赏罚分明也没有"令朝至暮变，暮至朝变"那么快捷高效。在韩非的时代，法治之难在他自己的文章中写得最为清楚。正因为推行法治难，所以韩非才会有《说难》《孤愤》这类文章的感叹。推行法治，首先要说服当权者，然后要制定善法而不是恶法，再然后是法治的推行，最后是执法。任何一个环节都是艰苦而漫长的，韩非说他的法治是"令朝至暮变，暮至朝变"的高效快捷，只是自夸罢了。正因为法治的推行如此艰难，韩非所说的法治也绝非任何一个"庸主之所易也"。

法家的法治思想有它的可取之处，秦始皇利用法家思想完成了统一大业，它具有价值是一个不争的事实。但是秦朝经过十四年的统治就走向灭亡，也充分反映出法家思想的局限性。

　　韩非用其高超的文字技巧推销他的法家思想，虽然极具煽动性，但终究逃不过历史的检验，再强的煽动性也掩盖不了自身的缺陷。任何人推销自己的思想都不能以己之长攻他人学说之短，聪明的做法是学人之长补己之短，只有站在伟人的肩膀上，才能使自己变得更伟大，贬低前人只会适得其反。韩非无法通过批判尧、舜、孔子而变得更伟大，当然我也无法通过批判韩非变得伟大。笔者写批判韩非的文章，只是想向韩非学习，学习他飞扬的文字和辩论能力！

批判韩非的批判之二

    管仲是春秋时期伟大的政治家和军事家，他接任齐国的宰相之位后，辅助齐桓公，使齐国成为春秋五霸之首。管仲以非军事、非战争的手段九合诸侯，给战乱的春秋各国带来了大约二十年极其难得的没有战争的喘息期。管仲的才华古今公认，也为笔者所推崇。笔者特别喜欢"管夷吾病榻论相"的故事，故事反映出管仲超群的智慧，给人很深的启迪。

    近日读《韩非子》，韩非在其《难一》篇中，对"管夷吾病榻论相"中管仲让齐桓公赶走竖刁、易牙、开方等奸臣的理由进行了恶意的曲解，并推导出管仲的理论荒谬，得出管仲不懂法度的结论，其目的还是推销他的法家思想。

    韩非非凡的辩才和飞扬的文字使他的文章极具煽动性，况且他讨论的是有关忠奸、善恶的内容，若被韩非的错误思想所影响，哪可是毁三观的事情，故笔者认为极有必要批判之。

    管仲有病。桓公往问之，曰："仲父病，不幸卒于大命，将奚以告寡人？"管仲曰："微君言，臣故将谒之。愿君去竖刁，除易牙，远卫公子开方。易牙为君主味，君惟人肉未尝，易牙蒸其子首而进之。夫人情莫不爱其子，今弗爱其子，安能爱君？君妒而好内，竖刁自宫以治内。人情莫不爱其身，身且不爱，安能爱君？闻开方事君十五年，齐、卫之间不容数日行，弃其母，久宦不归。其母不爱，安能爱君？臣闻之：'矜伪不长，盖虚不久。'愿君久去此三子者也。"管仲卒死，桓公弗行。及桓公死，虫出尸不葬。

或曰：管仲所以见告桓公者，非有度者之言也。所以去竖刁、易牙者，以不爱其身，适君之欲也。曰："不爱其身，安能爱君？"然则臣有尽死力以为其主者，管仲将弗用也。曰"不爱其死力，安能爱君"是君去忠臣也。且以不爱其身，度其不爱其君，是将以管仲之不能死公子纠度其不死桓公也，是管仲亦在所去之域矣。明主之道不然，设民所欲以求其功，故为爵禄以劝之；设民所恶以禁其奸，故为刑罚以威之。庆赏信而刑罚必，故君举功于臣而奸不用于上，虽有竖刁，其奈君何？且臣尽死力以与君市，君垂爵禄以与臣市。君臣之际，非父子之亲也，计数之所出也。君有道，则臣尽力而奸不生；无道，则臣上塞主明而下成私。管仲非明此度数于桓公也，使去竖刁，一竖刁又至，非绝奸之道也。且桓公所以身死虫流出尸不葬者，是臣重也。臣重之实，擅主也。有擅主之臣，则君令不下究，臣情不上通。一人之力能隔君臣之间，使善败不闻，祸福不通，故有不葬之患也。明主之道：一人不兼官，一官不兼事；卑贱不待尊贵而进，大臣不因左右而见；百官修通，群臣辐凑；有赏者君见其功，有罚者君知其罪。见知不悖于前，赏罚不弊于后，安有不葬之患？

管仲非明此言于桓公也，使去三子，故曰：管仲无度矣。（《韩非子·难一》）

译文如下：

管仲病重，齐桓公前往管仲住处探望，询问说："您病了，万一不幸逝世于天命，有什么话对我说吗？"管仲说："就是您不问我，我也要告诉您的。希望您赶走竖刁，除去易牙，远离卫公子开方。易牙为您主管伙食，您只有人肉没吃过，易牙就把自己儿子蒸了献给您。人之常情，没有不爱自己儿子的，现在易牙对自己的儿子下手，又怎么能爱您呢？您本性好妒且好女色，竖刁就自己施行宫刑，以便管理后宫。人之常情，没有不爱惜自己身体的，竖刁忍心对自己下手，又怎么能爱您呢？开方是卫国的公子，他侍奉您十五年了，齐国和卫国也就几天的行程，开方丢下自己母亲，很久不回家，他连自己母亲都不爱，又怎么能爱您呢？常言道：'弄虚作假的不会长久，掩盖虚假的不能持久。'希望您能远离这三个人。"管仲死后，齐桓公没有按他的话做，最后桓公落得个死后蛆虫都爬出门外了还得不到安葬的下场。

有人说：管仲告诫桓公的话，不是知道法度的人应该说的。除去竖刁、易牙的理由，是因为他们不爱惜自身而去迎合君主的欲望。管仲说："不爱惜自身，又怎么能够爱君主？"按这一说法，拼死为君主出力的人，管仲都不会任用了。管仲会说"不爱惜自身，拼死出力的人，又怎么能爱君主"，这是要君主去掉忠臣啊！而且用不爱自身来推断他不爱君主，同样就可以用管仲不能为公子纠而死来推断管仲不可能为桓公而死，这样管仲也应在除去之列。明君的治国之道不会这样，明君会设置臣民所希望的东西来求得他们立功，所以制定爵禄鼓励他们；明君会设置臣民所厌恶的东西来禁止奸邪行为，所以明君建立刑罚威慑他们。奖赏守信用，刑罚坚决，因此君主在臣子中选拔有功的人，而奸人不会被任用，即使有竖刁一类的人，又能把君主怎么样呢？臣下以死效力来换取君主的爵禄，君主设置爵禄来换取臣下以死效力。君臣之间，不是父子那样的亲属关系，而是从计算利益出发的。君主用正确的治国策略，臣下就会尽力，奸邪也不能产生；君主没有正确的治国策略，臣下就会蒙蔽君主而谋取私利。管仲没能对桓公阐明这种治国之法。管仲让齐桓公赶走竖刁，另外的竖刁又会出现，这不是杜绝奸邪的方法。再说桓公死后蛆虫爬出门外还不得安葬，是由于臣下的权力过大。臣下权力过大，就会挟持君主。有了挟持君主的奸臣，君主的命令就不能下达，群臣的情况也不能上达。一个人的力量能隔断君臣之间的联系，使君主既听不到好坏，又不了解祸福，所以有死后不得安葬的祸患。明君的治国策略：一人不兼任其他职务，一职不兼管其他事务；地位低的人不必等待地位高的人推荐，大臣不必通过君主近侍引见；百官都能逐级上通，群臣好像车轮上的辐条一样归聚到君主这一中心；受赏的人，君主能了解他所立的功劳，受罚的人，君主能知道他所犯的罪过。君主事先对群臣的功过了解得清清楚楚，然后进行赏罚，就不会受蒙蔽，怎么会有死后不得安葬的祸患呢？管仲不对桓公讲明这个道理，只是让他赶走三个人，所以说管仲不懂法度。

韩非在《难一》中批判管仲的问题是极其严重的——关乎人才

的使用，这在任何一个朝代都是大问题。无论一个国家还是一家公司，用人都是极其重要的，用对了人，国家就有希望，公司就能发展，反之国家就有灾难，公司就会倒闭。文章中讨论的问题也极其常见，需要人们用智慧加以鉴别。比如，作为公司董事长或者某部门领导，对一个对待你比孝敬父母还甚数倍的下属，这样的人能否重用？一个女孩遇见一个对自己殷勤百倍，而对自己母亲恶语相向的小伙，是否可以托付终身？只有真正理解了管仲的思想，了解了韩非的谬误，才可受益终身！

对管仲"今弗爱其子，安能爱君？身且不爱，安能爱君？其母不爱，安能爱君"这些话的正确理解，至少包含以下四点：爱身、爱子、爱母是每个人的天性，没有人可以违背。爱国爱君是后天培养的结果，是道德的要求，它是在爱身、爱子、爱母的基础上形成的。爱身、爱子、爱母与爱国、爱君在大部分情况下可以并存，但有时会出现冲突，需要抉择，这就是孟子所说"两者不可得兼""舍生取义"的道理，舍生取义、舍小爱取大爱不是对小爱的否定，而是对小爱的升华。竖刁、易牙、开方违背常理，残害自己的身体，杀死自己的孩子，不顾自己的母亲，并非迫不得已的抉择，其背后另有所图，他们对齐桓公表现出的爱是为了追求其私欲。远离这样的奸臣是一种明智的选择，齐桓公问管仲：为什么你活着的时候不驱逐他们呢？管仲回答：因为你需要他们，我活着，他们不敢乱来，我死了，他们就会为非作歹。不幸被管仲言中，齐桓公死而不得安葬。

管仲的理论对我们也有启示，当一个人对你不寻常的好，你必须多个心眼儿，这就是俗话所说的"无事献殷勤，非奸即盗"。可是有很多掌权的领导没有自知之明，把人们对他有所求时表现出来的好当作自己的魅力或者认为理所当然，这样就会在自己失去权力时，面对他人态度的改变而感叹世态炎凉。

韩非批判管仲用了以下方法。

故意混淆概念，把动机不同但外在表现完全相同的两种行为混同为一种行为。把出于道义为国牺牲等同于易牙、竖刁、开方等人为了换取更大利益而做出"牺牲"，因而把易牙、竖刁、开方划入忠臣的行列，把管仲驱逐易牙、竖刁、开方的行为认定为是去忠臣的行为。

贬低管仲的人格，进而否定管仲的观点。因"管仲之不能死公子纠"就认定管仲是不愿为国、为君牺牲的人，把管仲排除在忠臣的范围之外，纳入不能被重用之列，认为管仲对易牙等人的评价是因为管仲不肯自我牺牲，推己及人才会得出的"身且不爱，安能爱君"的结论。孔子在《论语》中已经对这种观点做了深入的批判，笔者在此不再重复，只是强调管仲已经为公子纠做出了勇敢的牺牲，只是公子纠没有为君的命，与管仲无关。了解春秋时期这段故事的人都知道，管仲为了帮公子纠争夺君位，自己单枪匹马追赶小白，一箭射中小白，只是小白命大，箭恰巧射在带钩上，加上小白聪明，咬舌吐血装死逃过一劫，后来才有机会成为齐桓公。管仲的勇敢和自我牺牲精神已经表露无遗，管仲的道德毋庸置疑。在公子纠死后，管仲认为为其殉葬没有意义，因为管仲需要为社会做出更大的贡献，不做无谓的牺牲是爱身的表现，也是忠君爱国的基础。

韩非推销的方法绝对出不了忠臣！韩非推销通过利益交换得到

忠臣的理论，"且臣尽死力以与君市，君垂爵禄以与臣市。君臣之际，非父子之亲也，计数之所出也"一无是处。忠臣是道德培养的结果，不是利益交换的结果，君主可以用爵禄来换取臣下的以死效力的时候，不是检验忠臣的时候。忠臣会在国家危难、君主处于生死存亡之际挺身而出的，这时的君主手中没有可以交换的爵禄，但仍然有挺身而出的忠臣。韩非极力推销的通过交换得来的不是忠臣，因为利益交换而表现出的亲于父子的君臣关系经不起任何风浪的检验。陈胜吴广起义一呼百应，秦王朝没有一个忠臣挺身而出，扶大厦于将倾，这是法家理论指导的必然结果。交换出不了忠臣，韩非的忠臣理论可以休矣！

无为而无不为

　　无为，是老子思想的集中体现。在老子的《道德经》中，"无为"一词出现过十二次，可见无为思想是何等重要。但要真正理解无为，真不是一件容易的事。在《道德经》第四十八章中有这样的话："为学日益，为道日损，损之又损，以至于无为，无为而无不为。"该章内容集中反映了老子的无为思想，如果能读懂这段文字，那么就可以理解老子的无为思想。

　　对"为学日益"的理解没有争议，就是指学问的修为每日有所增益。对"为道日损"，就没有那么容易理解了。现在通行的解释是，学道修道的必须每天降低私欲。这一解释的错误是明显的，这一解释把"为道日损"等同于"私欲日损"，那么"为道"不就等于"私欲"了吗？其谬误不言而喻。

　　要理解"为道日损"，必须搞清楚损的是什么，联系后文"损之又损，以至于无为"，损的结果是"无为"，联系前后文可以得出这样的结论："为道日损"，损的是"为道"的"为"，最后把"为"

损没了。"为道"就是对道的修为，修道的行为是通过修道的方法和技巧实现的。"为道日损"就是在修道的过程中要逐步减少修道的方法和技巧。最高的目标是"以至于无为"，就是没有任何修道的方法和技巧，不用修为却已经在道中。"无为"就是没有任何修道的行为，但其行为已在道中。这是一种什么样的状态？孔子在《论语》中有一句话："随心所欲不逾矩。"就是自己任意的行为都符合礼法的要求，可惜孔子符合的只是人为的礼法，而不是自然之道，如果随心所欲都合乎自然之法，那就达到无为的要求了。

为道可以日损吗？形而上学的道怎么修，常人无法理解，但形而下的小道的修炼还是可以说明一些问题的。比如学骑自行车，开始学的时候会有一大堆的方法和技巧，什么注意重心呀，什么眼睛看前方呀，如此等等。可当你学会之后，骑车就是一个自然的行为，不用方法和技巧，最高的境界就是人车合一。丢弃方法和技巧又何止是学骑自行车一道呢？在金庸的武侠小说中，武功的最高境界就是"无招"，没有任何的武功招式，但可以胜过任何一种武功招式。

无为为什么可以无不为？

《道德经》第二十五章有这样的话："人法地，地法天，天法道，道法自然。"人的修道过程就是一个效法自然的过程，当人修炼到无为的状态，就是任何一个随心所欲的行为都合乎自然，那么这种状态就可以和自然一样无所不为了。自然是无为的，但它可以无所不为。达尔文的自然进化论说明，世间万物，包括人类都是自然进化的结果，并非上帝所创造。我们人类的身体构造是何等的精密奇巧，可这就是自然进化的结果，而不是无所不能的上帝创造的。

所以说，自然无所不能。《道德经》第四十二章："道生一，一生二，二生三，三生万物。"这是老子对自然进化论的哲学表达。

总结以上，可以对"为道日损，损之又损，以至于无为，无为而无不为"做如下解释：修道的过程，就是对智巧的舍弃过程，不断地舍弃，最后达到任何随心所欲的行为都合乎自然之道的无为状态，那么也就达到无为而无不为的境界了。

中庸思想在论语中的体现

中庸一词最先在《论语》中出现。子曰："中庸之为德也，其至矣乎！民鲜久矣。"（《论语·雍也篇》）。孔子说："中庸作为道德准则，恐怕是至高无上的了，民众缺乏它已经很长时间了。"在《论语》中，孔子并没有对什么是中庸进行解释，而《中庸》一书比《论语》更加晦涩难懂，若能将《中庸》与《论语》结合起来学习，更有利于理解中庸思想。

子程子曰："不偏之谓中，不易之谓庸。中者，天下之正道，庸者，天下之定理。"（《中庸》）这四句是朱熹引用他老师的话对中庸所做的解释。但这种解释在逻辑上有循环定义之嫌，中就是不偏，不偏就是中，如此解释并不能使人们对中庸的理解更加清楚、明确。要理解中庸一词的意思，还必须从原文入手。喜怒哀乐之未发谓之中，发而皆中节谓之和。中也者，天下之大本也；和也者，天下之达道也。致中和，天地位焉，万物育焉。（《中庸》）喜、怒、哀、乐是人的四种情绪。今天彩票没有中奖，没什么可喜的，今天也没有被骂，所以也不怒，今天没有伤心的事，所以也不悲伤，内心平平淡淡，没有喜、怒、哀、乐，这是不是中呢？应该不是，因为文中说的是"未发"，是一种发而未发的状态。这是一种什么样的状态呢？确实很难理解。这使我想起初中物理，有种摩擦叫作静摩擦，指一个物体在要动而未动的情况下所产生的一种摩擦力，它具有方向性。喜、怒、哀、乐全部没有表现，那又怎么区分喜、怒、哀、乐呢？这种有喜、怒、哀、乐，有动向，却又没有发生的状态才叫"中"。要理解这种状态太难了。发而未发是一种境界，可以从寒山的诗句"我心如秋月，寒潭清皎洁"中体会一下：这里没有悲哀，但是否有悲哀的动向？后来有人描绘了相反的境界："我心如灯笼，点火内外红。"这里没有怒，但是否有怒的动向？这两者都不是喜、怒、哀、乐，但都带有自己的方向性。这种喜、怒、哀、乐没有动的境界就是《中庸》所说的"中"。

"发而皆中节为之和"，"节"是指法度，一个人的喜怒哀乐表露出来的时候符合法度。什么是中节？什么是不中节？大家都熟悉《范进中举》，书中对范进中举后的描写就是欢喜过度，"喜"不中节的典型例子。看过《红楼梦》的都知道其中有一个情节，就是贾蓉的媳妇秦可卿死了，秦可卿的公公贾珍所表现的哀不符合法度。他一句"尽我之所有"是如丧考妣，而不是死了儿媳妇应有的哀伤。

这里说的是中和，还不是中庸。以性情言则曰中和，以德行言则曰中庸。中庸之中是兼中和之意，中庸之德行体现中和的心情。中庸的"中"是指合乎法度，合于时宜，"庸"是指恒定不变。中庸的意思可以理解为无时无刻、随时随地地合乎时宜。

子问公叔文子于公明贾曰："信乎，夫子不言，不笑，不取乎？"公明贾对曰："以告者过也。夫子时然后言，人不厌其言；乐然后笑，人不厌其笑；义然后取，人不厌其取。"子曰："其然？岂其然乎？"（《论语·宪问篇》）孔子向公明贾问起公叔文子，说："先生他不说、不笑、不取钱财，是真的吗？"公明贾回答道："这是告诉你话的那个人说过了。先生他到该说时才说，所以别人不厌恶他说话；快乐时才笑，所以别人不厌恶他笑；合于礼的财物他才取，所以别人不厌恶他取。"孔子说："原来是这样，难道真是这样吗？"《论语·宪问篇》中对公叔文子"时然后言""乐然后笑""义然后取"的描写，就说明公叔文子的行为做到了时时处处皆合时宜，达到了中庸的要求。

中庸的思想贯穿《论语》，如果能结合《论语》学《中庸》，会大有裨益。

《论语》中关于情绪、行为中和的论述

子曰："《关雎》，乐而不淫，哀而不伤。"（《论语·八佾篇》）孔子说："《关雎》这首诗，有欢乐，但不放荡；有哀怨，但不伤感。"孔子认为《关雎》这首诗的情感表达符合法度，达到了中和的要求。

子张问崇德辨惑。子曰："主忠信，徙义，崇德也。爱之欲其生，恶之欲其死。既欲其生，又欲其死，是惑也。"（《论语·颜渊篇》）爱和恨是与情绪联系最为密切两种感情，《论语》中的这

段文字描写的"爱之欲其生，恶之欲其死"是男女之间经常发生的事。爱的时候爱得要死，不爱了就变成恨，恨就恨之入骨，便"欲之死"，这都是爱恨不"中节"的表现，不符合中庸的要求，就是"惑"。

子曰："恭而无礼则劳，慎而无礼则葸，勇而无礼则乱，直而无礼则绞。"（《论语·泰伯篇》）孔子说："恭敬而不符合礼的规定，就会烦扰不安；谨慎而不符合礼的规定，就会畏缩拘谨；勇猛而不符合礼的规定，就会违法作乱；直率而不符合礼的规定，就会尖刻伤人。"恭、慎、勇、直都是好的行为表现，但因不符合礼的要求，不"中节"，就会变成劳、葸、乱、绞等坏的结果。

孔子在《礼记》中说："夫礼，所以制中也。"礼是制中求中之器，制定礼的目的是使人们的行为符合最高的道德要求——中庸。

中庸，无过无不及

中庸要求人们的行为无过也无不及，然而做到无过无不及很难，人们的行为不是不及，就是过。子曰："道之不行也，我知之矣：知者过之，愚者不及也。道之不明也，我知之矣：贤者过之，不肖者不及也。人莫不饮食也，鲜能知味也。"（《中庸》）孔子说："中庸之道不能在天下实行，我知道原因了：聪明的人自以为是，实行的时候超过了标准，而愚蠢的人智力不及，又不能达到标准。中庸之道不能为人所明了，我也知道原因了：有德行的人会要求过高，因而把它神秘化了，没有德行的人又要求太低，因而把它庸俗化了。这正像人们没有谁不吃不喝，但却很少有人能够真正品尝出滋味。"

这大概就是孔子感叹"中庸之为德也，其至矣乎！民鲜久矣"的原因吧！

子贡问："师与商也孰贤？"子曰："师也过，商也不及。"曰："然则师愈与？"子曰："过犹不及。"（《论语·先进篇》）子贡问："子张和子夏谁好些？"孔子说："子张过，而子夏不及。"于是子贡就说："这样看来子张比子夏好一些。"孔子说："过和不及一样不好。"在日常生活中，子贡这样的想法是很常见的，认为过比不及要好。在孔子看来，这显然是错误的。因为子贡有这样的想法，所以他也会犯"过"的毛病，受到孔子的批评。

春秋战国时期还存在奴隶制度，奴隶可以通过赎买获得自由。著名的百里奚的故事就发生在那时。当时百里奚作为奴隶，为人家放牛，秦国用五张羊皮将其赎回。当时有人向子贡赎买一名奴隶，子贡没有收对方的钱就给了奴隶自由。孔子知道这件事情以后就批评了子贡："以后奴隶要获得自由就难了，子贡你这样做拔高了道德标准，无偿地让一名奴隶获得了自由，有了这样的先例，人家赎买奴隶的时候收钱就会觉得没有面子，不收钱又不甘心，所以奴隶会很难通过赎买的途径获得自由。"这是子贡"过"的行为表现。与之不同，子路做了一件事情，孔子认为合乎时宜，于是子路受到了孔子的表扬。有一次，子路请孔子吃牛肉，孔子问牛肉是哪儿来的，子路告诉孔子，他救人一命，人家送他一头牛，他就收下了，牛肉就是人家送的这头牛的。子路还以为做了一点儿好事就接受人家的感谢，孔子听了会不高兴，没想到孔子不但不批评，反而表扬了子路。孔子进一步解释：你救了人，人家拿一头牛感谢你，你接受了，这件事告诉大家,救人可获得人家的感谢,这样可以鼓励更多的人救人,可以使更多的人获救。这两件事说明,树立合理、中庸的道德要求是多么重要,设立一个过高的道德标准不但没有好处,反而相当有害。

在现实生活中,人们对于不及的危害,一般都有清晰的认知,而对于做过头的危害,常常认识不足,常常觉得过总比达不到好。尽管事情搞砸了,至少动机是好的,方向是对的,不过是好心办了坏事。孔子说"过犹不及",纠正了一些错误的观念。《论语》的思想在今天仍然有重要的现实意义。

在无过这一方面,孔子做了很好的榜样。孟子说"仲尼不为已甚者",孟子认为孔子一辈子没有做过头的事情。

中庸是在对过与不足的纠偏中达到的

前文已经说过中庸的"中"是指合乎法度,合乎时宜,"庸"是指恒定不变,中庸的意思可以理解为无时无刻、随时随地合乎时宜。中庸是终极理想,人在任何时候都不偏离中庸之道,实际上很难做到。中庸之道往往是在对过与不足的纠偏中体现的。在政治经济学中讨论过价格与价值的关系,一种商品定什么价格合适,理论上讲是价格与价值相吻合最合适,用中庸的观点来看就是一种商品的价格与价值一致,这样才符合中庸之道,才合乎时宜。然而价格总是偏离价值,价格偏离价值就会影响供求关系,最终使价格趋于合理,所以价格会围绕价值波动。

事实上任何事物都不可能无时无刻、随时随地合乎时宜。合乎时宜是通过对不合时宜的纠正得来的。孔子对于宽猛相济的论述就说明了这一点。

郑子产有疾，谓子大叔曰："我死，子必为政。唯有德者能以宽服民，其次莫如猛。夫火烈，民望而畏之，故鲜死焉；水懦弱，民狎而玩之，则多死焉，故宽难。"病数月而卒。

大叔为政，不忍猛而宽。郑国多盗，取人于萑苻之泽。大叔悔之，曰："吾早从夫子，不及此。"兴徒兵以攻萑苻之盗，尽杀之，盗少止。

仲尼曰："善哉！政宽则民慢，慢则纠之以猛。猛则民残，残则施之以宽。宽以济猛，猛以济宽，政是以和。"（《左传·昭公二十年》）。与孔子同一时代的郑国子产得了重病，在临死之前将大叔叫到身边，并对他说："我死以后，郑国肯定由你执政。国家的治理，只有有道德的人才能用宽容的刑罚让百姓服从，如果不能以德服民，那么只能采用严酷刑法的下策让百姓服从。大火猛烈，百姓看到就害怕，所以百姓死于烈火的少；相反水性懦弱，百姓喜欢玩水，所以死在水中的人比死在火中的人多，正因为如此，用宽容的刑罚统治百姓难。"过了几个月，子产死了，大叔执掌郑国的大权，他不忍心用严酷的刑法，而使用比较宽容的刑罚。郑国的强盗在萑苻聚集，并打家劫舍、抢人财物。这时大叔后悔地说："我早听子产的话，一开始就使用严酷的刑法，盗贼就不会如此猖獗了。"大叔命令步兵攻打萑苻的盗贼，将他们全部杀死，这样郑国的盗贼才有所减少。孔子知道后说："很好啊，刑罚宽容，百姓就容易起傲慢之心。百姓有傲慢之心，就用严酷的刑法予以纠正。严酷的刑法会让百姓受到残害，百姓受到残害，就用相对宽容的刑罚。用宽容调剂凶猛，用凶猛调剂宽容，这样政治才会和谐。"

如果宽容的刑罚会对百姓威慑的不足，那么严酷的刑法就是对百姓刑罚威慑的过，执政的和谐是通过宽容与严酷的调和达到的，也就是在过与不足的调和下达到的。

两千多年前的刑罚需要宽严相济，今天仍然需要。这才是中庸之道，只有这样社会才能和谐。

人们可以无限接近中庸的标准，但很难达到

子曰："不得中行而与之，必也狂狷乎！狂者进取，狷者有所不为也。"（《论语·子路篇》）这里的"狂"是指激进、有很大志向的人；"狷"是指耿直、有所不为的人。狂者虽然志向高远、积极进取，但能力有限，难以达到目的。狷者虽然偏于保守、不思进取，但是他能洁身自好、有所不为，不同坏人同流合污。两者虽非十全十美的完人，但两者均有可取之处。所以孔子说："不能和言行合于中庸之道的人交往，那只有和狂放激进的人或者耿直的人交往。狂放的人锐意进取，保守的人不会干坏事。"与这样的人交往，若能取其长避其短，该进则进，该退则退，既能进，又能退，那自己也能接近中庸之道。

子曰："圣人，吾不得而见之矣；得见君子者，斯可矣。"子曰："善人，吾不得而见之矣；得见有恒者，斯可矣。亡而为有，虚而为盈，约而为泰，难乎有恒矣。"（《论语·述而篇》）孔子说："圣人，我是不可能见到了，能够见到君子，也就可以了。"孔子又说："善人，

我是不能见到了，见到有操守的人，也就可以了。本来没有却装作有，本来空虚却装作充实，本来穷困却装作豪有，这样的人就难于保持操守。"

孔子认为，中庸之道作为道德准则，恐怕是至高无上的了，人们难以企及，但不能因此不与人交往，找不到遵循中庸之道的圣人，那也可以与接近中庸的人交往。

虽然中庸之道难以实现，但不应把它神秘化，中庸之道无处不在，它存在于人们的日常生活之中，人人都可以践行中庸之道。君子之道费而隐。夫妇之愚，可以与之焉，及其至也，虽圣人亦有所不知焉。夫妇之不肖，可以能行焉，及其至也，虽圣人亦有所不能焉。天地之大也，人犹有所憾。故君子语大，天下莫能载焉，语小，天下莫能破焉。《诗》云："鸢飞戾天，鱼跃与源。"言上下察也。君子之道，造端乎夫妇，及其至也察乎天地。（《中庸》）君子的中庸之道，作用非常广泛，而且其本体非常精妙。普通的匹夫、匹妇虽然愚钝，但他们对于日常的道理还是能够知道的，若要论及这些道理的精妙之处，即便是圣人也会有不知道的地方。匹夫、匹妇虽然不贤德，但是他们对日常的道理还是能够实行的。若是要达到这些道理的最高标准，即便是圣人也有不能达到的地方。天地可以说十分辽阔广大，但仍然不能使一切人感到满意。因此，君子所持的道，从大处讲，天下没有能承载得了的；从小处讲，天下没有人能剖析得了。《诗经》中说："老鹰在天空高飞，鱼儿在深渊跳跃。"这两句诗就是比喻持中庸之道的人能够对上下进行详细观察。君子所持的中庸之道，开始于匹夫、匹妇，待达到最高的境界，便可以彰明于天地之间，无处不在。《中庸》的这段文字告诉我们，中庸之道无处不在，它存在于普通夫妇的日常生活之中，人们每天都在实践它，只是中庸之道的精妙之处，即便圣人也难以企及。人们可以无限地接近中庸之道，但难以达到其精妙之处的顶点。人人都可以践行中庸之道，只是圣人境界的中庸之道的精妙之处不是常人可以企及的。

执两端而用中是中庸之道的方法论

尧曰："咨！尔舜！天之历数在尔躬，允执其中。四海困穷，天禄永终。舜亦以命禹。"（《论语·尧曰篇》）"允执其中"的"中"是中正、中庸之意。执政中正、中庸是尧、舜、禹传承的执政心法，其核心精神就是把握张弛有度、无偏无颇、恰到好处的执政中庸之道。

在执政中如何达到中庸之道，具体的做法在《中庸》一文中有更具体的描述。子曰："舜其大知也与！舜好问而好察迩言，隐恶扬善，执其两端，用其中于民。其斯以为舜乎！"（《中庸》）孔子说："舜帝可以算是一个拥有大智慧的人吧！他乐于向人请教，而且喜欢对那些浅显的话进行仔细的分析。他包容别人的缺点，宣扬别人的优点，他分析事物的两方面，对百姓使用适中的执政之道，避免过与不及。这就是舜之所以为舜的地方吧。""执两端而用中"是实现中庸之道的方法论。

子曰："吾有知乎哉？无知也。有鄙夫问于我，空空如也。我叩其两端而竭焉。"（《论语·子罕篇》）孔子说："我有知识吗？我很无知。有一位农夫问我问题，我对他问的问题一无所知，我仔细地询问问题的正反两个方面，然后尽量把他问的问题解释清楚。"这是孔子解决具体问题的方法，先弄清楚事情的正反两面，这样就搞清楚了事物本身，便可以对事物有一个准确的判断，这样的判断才适宜，才符合中庸之道。

《春秋》是著名的历史著作，后人把"春秋"变成了历史的代名词，原因是孔子对历史人物以及历史事件的叙述、评价中正、中肯。孔子的历史著作为什么叫"春秋"而不叫"冬夏"呢？因为春秋两季不像冬夏，冷的太冷，热的太热，不是白天比夜晚长，就是夜晚比白天长。对历史事实的描述需要像春秋两季一样，白天和夜晚均匀分配，对好事与坏事客观评价。对坏人坏事的评价，不像冬天一样冷酷；对好人好事的评价，也不像夏天一样火热。孔子是怎样做到对历史事件和人物的叙述中正、中肯的呢？他的做法是客观地描述历史事件和人物的正反两个方面，如孔子在《论语》中对管仲的评价。

子路曰："桓公杀公子纠，召忽死之，管仲不死。"曰："未仁乎？"子曰："桓公九合诸侯，不以兵车，管仲之力也。如其仁，如其仁。"（《论语·宪问篇》）

子贡曰："管仲非仁者与？桓公杀公子纠，不能死，又相之。"子曰："管仲相桓公，霸诸侯，一匡天下，民到于今受其赐。微管仲，吾其被发左衽矣。岂若匹夫匹妇之为谅也，自经于沟渎而莫之知也？"（《论语·宪问篇》）

子曰："管仲之器小哉！"或曰："管仲俭乎？"曰："管氏有三归，官事不摄，焉得俭？""然则管仲知礼乎？"曰："邦君树塞门，管氏亦树塞门。邦君为两君之好，有反坫，管氏亦有反坫。

管氏而知礼，孰不知礼？"（《论语·八佾篇》）

管仲辅助齐桓公采用和平方式成就霸业，维护了华夏礼乐文化，体现了儒家推崇的"仁"的文化理想、社会理想，所以孔子肯定地说"如其仁，如其仁"。后来管仲在日常生活中有不知礼的行为，孔子也明确指出其不知礼，用"管氏而知礼，孰不知礼"的反问句明确表达了对管仲的不满。孔子客观地描述了管仲的正反两面，不因管仲有维护华夏文化之功，掩盖其不知礼之过，同样也不能因管仲不知礼之过掩盖其维护华夏文化之功。孔子对管仲功过的评价不是简单的一分为二，功过各一半，他对管仲主要持肯定的态度，批评是次要的，孔子在《论语》中对管仲的评价显得功过分明，不偏不倚，充分体现了中庸之道。

"执两端而用中"的方法具有普遍意义。世界上的一切事物，无不有其两端，究其两端而竭之，是认识的一般途径，在认识事物的过程中避免只见一端、片面偏激，有利于我们正确认识事物。

"执两端而用中"的"中"是适中，不是折中，它和折中主义的和稀泥、做好好先生完全不同。孔子特别讨厌这种和稀泥的好好先生，并称之为"乡愿"。子曰："乡愿，德之贼也。"（《论语·阳货篇》）孔子说："是非不分的好好先生，是残害道德的人。"要真正理解适中是很难的，为了深入理解什么是中庸的"执两端而用中"，看一段孟子的文章或许会有帮助。孟子曰："杨子取为我，拔一毛而利天下，不为也。墨子兼爱，摩顶放踵利天下，为之。子莫执中；执中为近之。执中无权，犹执一也。所恶执一者，为其贼道也，举一而废百也。"（《孟子·尽心上》）孟子说："杨子奉行'为我'，一切以自我为中心，哪怕拔根汗毛就对天下有利他也不干。墨子提倡'兼爱'，爱世间一切人，哪怕从头到脚都受伤，只要对天下有利也愿意做。子莫持中间的态度，持中间的态度就接近正确了。如果持中间的态度而没有权衡、变通，只是执着在一点上，那么，执中就成执一了。执着于一点不好，因为它损害了道，抓住了一点而丢弃了其他一切。"这是孟子对杨朱和墨翟学派非常著名的一段评论。杨子属于极端的自私，而墨子属于兼爱，是大公无私，他们分别是自私与大公无私的两个极端。子莫执中，照理来说，子莫应该符合儒学的中庸之道，孟子应该大加赞扬才对，但事实并非如此。孟子认为子莫的做法只是接近中庸之道，但还不是中庸之道。如果只知道死板地坚持"执中"而没有变通，那就不是执中，而是"执一"了。最后的结果是"举一而废百"，变成了"贼道"。"贼"在这里是动词，指对中庸之道有所损害。那么孟子在自私与大公无私之间是怎样"执两端而用中的"？

"老吾老，以及人之老；幼吾幼，以及人之幼。"（《孟子·梁惠王上》）人们首先应该赡养孝敬自己的长辈，在有能力时不应忘记照顾其他与自己没有亲缘关系的老人；养育好自己的小孩，在有能力时不应忘记照顾其他与自己没有血缘关系的小孩。儒家思想强调的首先是亲亲，然后才是爱民。亲亲和爱民的范围和程度对于不同的人、不同的时间，都不是一成不变的。"执两端而用中"是一种动态的过程，公与私达到某种适宜和平衡就是中庸。一个穷人，他顾及私人利益会多一些，而富人对社会的贡献应该大一些，这不能有统一的标准，是否适宜并不是一个机械的标准。中庸意味着多数人的认同。

因材施教是中庸之道在教育中的体现

孔子的教学方法为后人所称道的主要有有教无类、因材施教、尊师爱生、践行兼顾、不愤不启、不悱不发等。因材施教是儒家中庸之道在教育中的具体运用。

子路问："闻斯行诸？"子曰："有父兄在，如之何其闻斯行之？"冉有问："闻斯行诸？"子曰："闻斯行之。"公西华曰："由也问闻斯行诸，子曰：'有父兄在。'求也问闻斯行诸，子曰：'闻斯行之。'赤也惑，敢问。"子曰："求也退，故进之；由也兼人，故退之。"（《论语·先进篇》）子路问："听到道理就去实践吗？"孔子说："你有父亲、兄长在堂，怎么可以听到就去做呢？"冉有也问："听到道理就去实践吗？"孔子说："听到就该去做。"公西华在旁边听到后说："仲由问，听到道理就去实践吗？你回答，你有父亲、兄长在堂，怎么可以听到就去做呢？冉求问，听到道理就去实践吗？你回答，听到就该去做。同样的问题，你却给出了不同的答案，我对此迷惑不解。"孔子说："冉求为人谦虚退让，所以我要鼓励他；仲由争强好胜，所以我要劝退他。"

中庸要求时时处处皆合时宜，对不同的人，如果采用同样的方法，就做不到对每个人的适宜，就不是中庸，所以对不同的人应该采用不同的教育方法，这就是因材施教。因材施教是中庸之道在教学中的具体应用。《论语·先进篇》第二十二章的内容充分体现了孔子的因材施教，做到了"时中"，根据实际情况灵活多变地"执中""用中"，因时、因地、因人、因事而求其适宜，即选择最适宜的教学方法。孔子根据不同学生的具体情况，采取不同的教学方法，因人、因地、因时、因事施教，让每个学生都能有最佳的教学效果。教育方法一成不变、死板僵化就无法做到"时中"，也难以取得良好的教学效果。

子曰："中人以上，可以语上也；中人以下，不可以语上也。"（《论语·雍也篇》）孔子说："天赋中等以上的人，可以传授他们高深的道理；天赋不及中等的人，就不要传授他们难以理解的高深道理了。"孔子为了能因材施教，会准确把握教育对象的特点，做到对症下药、有的放矢。孔子对他的弟子做调查研究，对他们的性格为人、资质才艺、优点缺点都非常清楚。《论语》中孔子讨论他学生的章节特别多。季康子问："仲由可使从政也与？"子曰："由也果，于从政乎何有？"曰："赐也可使从政也与？"曰："赐也达，于从政乎何有？"曰："求也可使从政也与？"曰："求也艺，于从政乎何有？"（《论语·雍也篇》）德行：颜渊，闵子骞，冉伯牛，仲弓。言语：宰我、子贡。政事：冉有，季路。文学：子游，子夏。（《论语·先进篇》）柴也愚，参也鲁，师也辟，由也喭。（《论语·先进篇》）子曰："回也其庶乎，屡空。赐不受命，而货殖焉，亿则屡中。"（《论语·先进篇》）

《论语》中类似的章节还有很多，不必一一列举，这些内容充分说明孔子十分熟知他的教育对象，这为孔子有针对性地教育，对不同的学生采用不同的教学方法提供了前提与基础。

中庸之强

子路问强。子曰："南方之强与，北方之强与，抑而强与？宽柔以教，不报无道，南方之强也，君子居之。衽金革，死而不厌，北方之强也，而强者居之。故君子和而不流，强哉矫。中立而不倚，强哉矫。国有道，不变塞焉，强哉矫。国无道，至死不变，强哉矫。"（《中庸》）子路问孔子，怎么样才算强。孔子说："你问的是南方人的刚强，还是北方人的刚强，还是像你这样的刚强呢？用宽容温和的态度去教化别人，哪怕别人用蛮横的态度对待你，你也不加以报复，这是南方人的刚强，君子就属于这一类。经常枕着刀枪、穿着盔甲睡觉，在战场上拼杀，战死也不后悔的，这是北方人的刚强，性格强悍的人就属于这一类。所以君子善于与人协调，又不无原则地迁就别人，这才是真正的刚强。君子真正独立，不偏不倚，这才是真正的刚强。国家太平、政治清明时，君子不改变清贫的操守，这才是真正的刚强。国家混乱、政治黑暗，君子坚守自己的操守，这才是真正的刚强。"

中庸所体现的刚强是柔中带刚，这种刚强是对自己良好品质的坚守，无论政治清明还是黑暗，顺境还是逆境，都能坚持，不是一时一事某种行为的体现。

《论语》有与"故君子和而不流"相同的表述。子曰："君子和而不同，小人同而不和。"（《论语·子路篇》）君子和而不同与君子和而不流的意思并无实质区别。只有真正有教养的人才能做到和而不同、和而不流。他能做到和其光同其尘，能适应各种不同的环境，与周围的人和谐相处，可是他有自己独立的人格、气节与立场，不随波逐流。这样的人才是顶天立地的真正的强者，才是符合中庸之道的刚强。

"中立而不倚"是做到和而不流的另一种办法。与中立不倚相反的人生态度就是孔子批判的"乡愿"，也就是现在的"圆滑"。说话不着边际，不轻易表达自己的观点，人云亦云，什么人也不得罪。中立不倚的人有自己坚持的人格标准，做任何事情都有自己的主张，做事情能坚持真理，客观理性、不偏不倚，有中流砥柱的作用。**君子矜而不争，群而不党。**（《论语·卫灵公篇》）君子矜持自守、与世无争、团结合群，但又不拉帮结派。现在有的单位中会有小团体，会说某某是谁的人，在利益分配的时候，有人会首先考虑是不是自己团体的人。在这样的单位里，如果能够做到不加入任何小团体，坚持自己独立的人格并且持之以恒，这才是真正的刚强。

古之士者，国有道则尽忠以辅之，国无道则退身以避之。（《孔子家语》）强调的是如何处世。**国有道，不变塞焉，强哉矫。国无道，至死不变，强哉矫。**（《中庸》）强调的是自身的修炼。怎样理解"国有道，不变塞焉"呢？怎样叫不变塞呢？一个国家和社会安定久了，人们就会变得喜欢安逸、享受、清闲，吃不了苦，受不了罪，这就是"变塞"；相反，在富贵中还能不忘本，还有农民本色、书生本色、英雄本色，这就是"不变塞"。"不变塞"才是真正的刚强。"国无道，至死不变"，在社会混乱、政治黑暗的时代，如果有人能坚持真理、至死不渝，那当然是真正的刚强。

生活中的国学

诚信在市场经济体制下的重构

现代汉语对诚信的解释是诚实守信。诚实就是言行与思想一致，守信就是信守诺言。有人认为诚信是一个联合结构的词组，它由并立的诚实和守信两部分组成。这样的理解固然可以，但笔者认为诚信应该是一个偏正结构的词组，诚是用来修饰守信的，就是信守诺言是发自内心的一种需求。两种不同的理解使诚信的内涵有所区别，很显然，后一种理解对诚信的要求更高，它要求把信守诺言内化为人们的一种内心需求。把诚信理解为诚实守信，这不一定是人们内心的一种需求，可能是在外部压力下才达到的诚实和守信。这与前者相比差距就很大了。为了更准确地理解什么是诚信，我们需要了解儒家是怎么解释诚与信的。

诚信的含义

在儒家文化中，诚是诚，信是信，两个词表达了完全不同的概念。

《论语》中并没有对"诚"的讨论，但孔子的学生曾子所著的《大学》以及孔子之孙子思所著的《中庸》，对"诚"的讨论极其深入。

1. 诚的含义

《大学》通篇讨论格物、致知、诚意、正心、修身的内明之学和齐家、治国、平天下的外用之学。诚意是内明之学的主要内容。所谓诚其意者，毋自欺也。如恶恶臭，如好好色。此之谓自谦。（《大学·诚意》）这是《大学》对诚意的解释，就是不要欺骗自己，讨厌不好的事物如同讨厌腐败变坏的东西所发出的恶臭一样，喜爱善良如同喜欢美色一样，这种内心的满足，没有丝毫的矫饰。诚实是人们对事物感知最真诚的表达。诚意的要求是做到"慎独"。小人闲居为不善，无所不至。见君子而后厌然，掩其不善，而著其善。人之视己，如见其肺肝然，则何益矣？此谓诚于中，形于外。故君子必慎其独也。（《礼记·大学》）曾子曰："十目所视，十手所指，其严乎！"（《礼记·大学》）富润屋，德润身，心广体胖，故君子必诚其意。（《礼记·大学》）小人独处的时候做坏事，无所不为，看到君子时躲躲藏藏掩盖自己所做的坏事，表现他的善良，可这有什么意义呢？人家看他的坏处就像看到他的五脏六腑一样，一个人内心真实，一定会表现于外，这种掩饰没有任何用处。所以，作为君子，必须提高自身修养，一个人独处时所有行为都特别慎重，在没有人知道的时候也不做任何坏事。曾子说："在一个人独处的时候就好像有十只眼睛看着你，有十个手指指着你，这多么让人畏惧啊！财富可以修饰房屋，道德可以修饰人身，使心胸宽广、身体舒泰，所以君子一定要使自己的意念真诚。"

曾子把"诚"归纳为人的内修，是人修身不可或缺的重要组成部分，是内明之学的重要一环，他把诚意提到一个很高的程度。子思的《中庸》更是把"诚"的价值进一步提高。

整部《中庸》以作为道德主体的人为核心，阐述人在社会中、在自然中的立身原则和行为规范，最后子思把这些原则和规范都总结为一个"诚"字，"诚"最终成为天、人、内、外的"道"。朱熹概括《中庸》的内容时说："其书始言一理，中散为万事，末复合为一理，'放之则弥六合，卷之则退藏于密。'"指的就是"诚"字。

下面挑选《中庸》中几段与"诚"相关的内容，以便了解子思对"诚"的价值的强调。

诚者，天之道也。诚之者，人之道也。诚者，不勉而中，不思而得，从容中道，圣人也。诚之者，择善而固执之者也。（《中庸·第二十章》）

"诚"是上天的原则。实现这个"诚"是做人的原则。天生诚实的人，不必勉强，他的为人处世自然合理，不必苦苦思索，他的言行举止也会不偏不倚符合中庸之道，这种人就是我们所说的圣人。要实现这个"诚"，就必须选择至善的道德，并且坚守不渝。

子思这段文字紧接着前面九种治国之道，这是把九种治国之道归纳为一个"诚"字。

自诚明，谓之性；自明诚，谓之教。诚则明矣；明则诚矣。（《中庸·第二十一章》）

因为真诚而明白道理，叫作天性；由于明白道理而做到真诚，这是人为的教育。真诚就会明白道理，明白道理就会做到真诚。无论是出于天性还是后天的教育，只要做到了真诚，二者也就合一了。

子思在这里表达了天人合一的思想。

唯天下至诚，为能尽其性。能尽其性，则能尽人之性。能尽人之性，则能尽物之性。能尽物之性，则可以赞天地之化育。可以赞天地之化育，则可以与天地参矣。（《中庸·第二十二章》）

天下只有那些极端真诚的人，才能充分发挥他的本性。能充分发挥自己的本性，就能充分激发天下众人的本性。能充分激发天下众人的本性，就能充分激发宇宙万物的本性。能充分激发宇宙万物的本性，就可以帮助天地发展变化。人如果能帮助天地发展变化，就可以与天地并列了。

子思强调，真诚者只有首先对自己真诚，然后才能对全人类真诚。真诚可使自己与天地并列，共同不朽。

至诚之道，可以前知。国家将兴，必有祯祥；国家将亡，必有妖孽。见乎蓍龟，动乎四体。祸福将至，善必先知之；不善，必先知之。故至诚如神。（《中庸·第二十四章》）

真诚到了极致可以预知未来。国家兴旺，必然有吉祥的征兆；国家衰亡，必然有不祥的妖孽出现。这些要么呈现在蓍草龟甲上，要么表现在手脚动作上。祸福将要来临时，是福肯定预先知道，是祸也肯定预先知道，所以极端真诚就像神灵一样微妙。

子思强调，心诚则灵，灵到能预知未来吉凶祸福的程度。"国家将兴，必有祯祥；国家将亡，必有妖孽"的现象，历代的正史或野史中可以说比比皆是。或许有人会说它是迷信，我以前也这么认为，但现在我不这样认为，因为天底下有太多的奥秘不被人类所掌握，用人类现在的知识不能解释之谜，不能简单定义为迷信。我没有也不可能达到《中庸》所描写的那种"至诚"，所以无法判断真正的至诚能否先知。

要做到"诚"太难！

2. 信的含义

《论语》中对"信"的论述有数十处。《论语》中的"信"既指人信守承诺，又指人对他人的信任，既指国家的信用，又包括人民对国家的信赖。《论语》除了对"信"做解释外，还论述了"信"的价值。

子以四教：文，行，忠，信。（《论语·述而篇》）孔子从四个方面教育学生：典制、德行、忠诚、守信。孔子是万世师表，守信是他推行的四项教育内容中的一项，可见守信在儒家思想中的重要地位。

孔子的学生曾子的名言是我们每个人都耳熟能详的。曾子曰："吾日三省吾身：为人谋而不忠乎？与朋友交而不信乎？传不习乎？"（《论语·学而篇》）曾子说："我每天三次反省自己，替别人出谋划策，是不是尽心尽力？与朋友交往是否信守诺言？老师传授的学业是否已经温习？"是否信守诺言，是他每天必须反省的内容。

孔子的另一名得意弟子子夏对"信"也有自己的论述。子夏曰："贤贤易色；事父母，能竭其力；事君，能致其身；与朋友交，言而有信。虽曰未学，吾必谓之学矣。"（《论语·学而篇》）子夏说："一个人能从内心尊重贤人，看轻女色；侍奉父母竭尽全力；服侍国君能奉献生命；与朋友交往能言而有信。这样的人虽然谦虚地说我没有受过学问的熏陶，但我却认为他已经是一位很有学问的人了。"学问不只是知识，或者说不主要是知识，学问是能做好人、做对事，在子夏看来，与朋友交往能够言而有信，是做好人、做对事的必备条件。

孔子的另一名学生有子认为，能做到信守诺言就接近于儒家推崇的"义"的要求了。有子曰："信近于义，言可复也。恭近于礼，远耻辱也。因不失其亲，亦可宗也。"（《论语·学而篇》）有子说："信守承诺接近义的要求，所讲的话就经得起检验。态度恭敬接近礼的要求，就可以避免受到侮辱。所依靠的都是关系亲密的人，也就可靠了。"仁义是儒家的最高追求，有子把"信"与义直接联系在了一起。

《论语》还在多处强调要信守诺言。

子曰："道千乘之国，敬事而信，节用而爱人，使民以时。"（《论语·学而篇》）

子曰："弟子，入则孝，出则悌，谨而信，泛爱众，而亲仁。行有余力，则以学文。"（《论语·学而篇》）

子曰："君子不重，则不威；学则不固。主忠信，无友不如己者。过，则勿惮改。"（《论语·学而篇》）

以上这些内容所说的"信"指言而有信、信守诺言。

"信"除了指自己信守诺言以外，还应该包括对别人的信任。颜渊、季路侍。子曰："盍各言尔志？"子路曰："愿车马衣轻裘与朋友共敝之而无憾。"颜渊曰："愿无伐善，无施劳。"子路曰："愿闻子之志。"子曰："老者安之，朋友信之，少者怀之。"（《论语·公冶长篇》）颜渊和子路陪侍在孔子的身边。孔子说："你们何不谈谈各自的志向呢？"子路说："我愿意把自己的马车和裘皮衣服与朋友共享，即使坏了也不遗憾。"颜渊说："我的愿望是不夸耀自己的好处，不表白自己的功劳。"子路说："我希望听一听老师的志向。"孔子说："让老人安乐，使朋友相互信任，使年轻人得到关怀。"信守诺言和与朋友相互信任是同一事物的两个方面，只有信守诺言，朋友才会信任你，或者说信任是建立在一个人多次言而有信的基础上的。

怎样才能让自己言而有信、信守诺言呢？要言而有信，信守承诺，就需要做到言必行、行必果。有些事情并不是人们想做就可以做成功的，为了保证能说到做到，孔子要求先做到然后再说。

子贡问君子。子曰："先行其言而后从之。"（《论语·为政篇》）先行而后言，当然就不存在言出不行、不守信用的问题。不轻易说出的原因，就是怕说了做不到，说了做不到就是不信守诺言，在孔子看来是可耻的。

子曰："古者言之不出，耻躬之不逮也。"（《论语·里仁篇》）孔子说："古人的言论不轻易出口，他们认为要是说了做不到，那是可耻的。"要信守诺言，就是不轻易承诺，承诺太多，要实现很困难。所以一个信守承诺的人往往不是一个轻易承诺的人。

在对人的信任问题上，孔子也有自己的办法。子曰："不逆诈，不亿不信，抑亦先觉者，是贤乎！"（《论语·宪问篇》）孔子说："不事先怀疑别人欺诈，不凭空猜测别人不诚实，但能事先觉察对方欺诈、不诚信，能做到这样就是贤人啊！"孔子的话现在仍十分有意义。

现在很多人没有安全感，做任何事，与任何人交往，都害怕对方欺诈，与人交往先从怀疑的角度出发，而在交往过程中又没有足够的判断能力，最后还是被骗。孔子说，作为贤人，首先要有对人的一般信任；其次，要有足够的判断力，在对方有欺诈的意图时，能做出准确判断，不至于被欺骗。

对于"信"的价值，孔子认为"信"是立身之本，不信守诺言将寸步难行，而信守诺言的人到哪里都行得通，哪怕是走到未开化的蛮荒之地。子曰："人而无信，不知其可也。大车无輗，小车无軏，其何以行之哉？"（《论语·为政篇》）孔子说："一个人要是不讲信用，不知道他怎样立足于世。就像大车没有装輗，小车没有装軏，还怎么行驶？"

子张问行。子曰："言忠信，行笃敬，虽蛮貊之邦，行矣。言不忠信，行不笃敬，虽州里，行乎哉？立则见其参于前也，在舆则见其倚于衡也，夫然后行。"子张书诸绅。（《论语·卫灵公篇》）子张问怎样才能通达。孔子说："讲话忠诚守信，行事忠厚稳重，即使到了不开化的地方也能通达。讲话不守信用，行事轻浮，就是在本乡本土，能行得通吗？这些话，站着时就好像这些词组直立在自己的面前；坐在车里，就好像看到词组出现在车前横木上。做到这些之后就能到处通行了。"子张把这些话写在衣带上。孔子与子张的这段谈话，将信守诺言的重要性谈得非常透彻了。

对人与人之间相互信任的重要性，《论语》中多有论述。子夏曰："君子信而后劳其民；未信，则以为厉己也。信而后谏；未信，则以为谤己也。"（《论语·子张篇》）子夏说："君子在受到人们信任以后才可以役使民众，否则民众会以为在虐待他们。朋友只有在相互信任以后才可以规劝，未取得信任就去规劝，朋友会以为在诽谤他。"

孔子认为守信是被人信任的前提。子张问仁于孔子。孔子曰："能行五者于天下为仁矣。""请问之。"曰："恭、宽、信、敏、惠。恭则不侮，宽则得众，信则人任焉，敏则有功，惠则足以使人。"（《论语·阳货篇》）"信则人任焉"中的"信"就是言而有信，守信用。"人任"就是受到人们的信任。信守承诺是取得人们信任的前提。

信守诺言不只每个个体要做到，一个国家也必须信守诺言，因为国家信守诺言才能取得民众的信任，国家才有可能治理好。国家没有民众的信任，就没有立国之本。子贡问政。子曰："足食，足兵，民信之矣。"子贡曰："必不得已而去，于斯三者何先？"曰："去兵。"子贡曰："必不得已而去，于斯二者何先？"曰："去食。自古皆有死，民无信不立。"（《论语·颜渊篇》）子贡问怎样管理好政务。孔子说："财政要富足，武装力量要强大，要建立人民信任的统治。"子贡问："如果迫不得已必须去掉一项，在三项中先去哪一项？"孔子说："减少军备开支。"子贡又问："迫不得已还要去掉一项，在两项中先去哪一项？"孔子说："紧缩朝廷用度。从古至今，谁都难免一死。如果失去了人民的信任，国家就立不住脚。"

在尧让位于舜的时候，尧对舜有一番教导，其中就特别强调治国必须讲信用，只有国家讲信用了，人民才能信任。尧曰："咨！尔舜。天之历数在尔躬，允执其中。四海困穷，天禄永终。"舜亦以命禹。曰："予小子履，敢用玄牡，敢昭告于皇皇后帝：有罪不敢赦，帝臣不蔽，简在帝心。朕躬有罪，无以万方；万方有罪，罪在朕躬。"周有大赉，善人是富。"虽有周亲，不如仁人。百姓有过，在予一人。"谨权量，审法度，修废官，四方之政行焉。兴灭国，继绝世，举逸民，天下之民归心焉。所重：民、食、丧、祭。宽则得众，信则民任焉，敏则有功，公则说。（《论语·尧曰篇》）"信则民任焉"指的就是国家讲信用，人民才能信任。

在熟人社会，诚信是立身之本

在自然经济社会，人员的流动很小，都是熟人生活在一起。在熟人社会，人们相互了解，作为熟人社会中的一员，人们为人诚恳，说话讲信用，能做到言出必行。分析其原因，是在熟人社会中，人们很容易知道一个人的为人与品行，诚信的人就能得到社会的认可。一个人为人不诚恳，对周围的人讲话不守信用，就会给周围的人造成伤害，那么这个人不诚信的形象也会留在人们心中，这样的人得不到信任，没有人信任就很难立足于社会。子张问行。子曰："言忠信，行笃敬，虽蛮貊之邦，行矣。言不忠信，行不笃敬，虽州里行乎哉？"（《论语·卫灵公篇》）这样的话不只是孔子对自己学生的说教，这是他内心真实的感受，是人生经验的总结。

曾子曰："吾日三省吾身：为人谋而不忠乎？与朋友交而不信乎？传不习乎？"（《论语·学而篇》）曾子说："我每天三次反省自己，替别人出谋划策，是不是尽心尽力？与朋友交往是否信守诺言？老师传授的学业是否已经温习？"这是中国人耳熟能详的名言。这不是曾子的口号，他自己就是一个言出必行的人。《韩非子》中记载了一则有关曾子的故事，非常真实地反映了曾子如何讲诚信以及他对诚信的认识。

曾子之妻之市，其子随之而泣。其母曰："女（汝）还，顾反为女杀彘。"妻适市来，曾子欲捕彘杀之。妻止之曰："特与婴儿戏耳。"曾子曰："婴儿非与戏之也。婴儿非有知也，待父母而学者也，听父母之教。今子欺之，是教子欺也。母欺子，子而不信其母，非所以成教也。"遂烹彘也。（《韩非·曾子杀彘》）曾子的妻子去赶集，儿子哭着要跟去。曾子的妻子对儿子说："你先回家，待会儿我回来杀猪给你吃。"等妻子从集市回来，曾子就要捉小猪去杀。妻子就劝止说："我只不过是跟孩子开玩笑罢了。"曾子说："小孩是不能开玩笑的啊！小孩子没有思考和判断的能力，要向父母亲学习，听从父母亲给予的正确教导。现在你欺骗他，这就是教孩子骗人啊！母亲欺骗儿子，儿子就不再相信自己的母亲了，这不是正确教育孩子的方法啊。"于是把猪杀了，煮后吃了。

曾子为了不失信于小孩子，真把猪杀了煮给孩子吃，其目的在于，用自己诚实守信的行为去教育后代、影响后代。从这则故事可以看到，曾子不仅是诚信的倡导者，而且是诚信的实践者。而诚信在当时的熟人社会积极重要。

在熟人社会诚信的重要性，笔者在孩提时代就深刻感受过。四十多年前，我生活在一个很偏远的小山村，那里山多地少，是一个要吃返销粮的地方。到了青黄不接的时候，很多人家就会揭不开锅，便向亲戚朋友借粮食。能借到粮食，靠什么？当然是诚信，不诚信的人就借不到粮食，其结果就是挨饿。新的一年收了粮食，第一件事就是还先前借的。每个人都不敢不诚信，否则来年再出现困难的时候就借不到粮食，其下场可想而知。在熟人社会，诚信的价值显而易见，所以在熟人社会，很少出现借东西不还的情况。

在陌生人社会，诚信受到严峻考验

我国进入了市场经济时代，人员的流动频繁，人们的活动空间扩大。现在有一个时髦的说法：地球村，每个人所交往的人也在增多，交往的不都是熟人。在市场经济体制下，建立诚信体系是一个十分漫长的过程。在《大学》中有这样一段话："为人君，止于仁；为人臣，止于敬；为人子，止于孝；为人父，止于慈；与国人交，止于信。"其中"与国人交，止于信"是指，在一个国家中，人与人交往的最高准则和目标是相互信任。而现在，人与人交往，防备自己被骗成了第一要务和最高目标。中央电视台每年举办3·15晚会，其主题之一，就是怎样防止被骗。中央电视台会将当时出现的各种花样翻新的诈骗手段予以曝光，提醒老百姓不要上当受骗。随着网络技术的不断发展，人们在网络世界中用虚拟身份交往，与网络相关的诈骗更是层出不穷。如果要列举我们生活中出现的各种不诚信行为，那是三天三夜也说不完。

为什么会出现这样的情况？下面一则故事可以大致反映目前诚信体系遭到破坏的主要原因。

有一天槐的表兄到槐的家中，槐用炖的大雁招待表兄。表兄说：

"大雁是讲仁义的禽鸟，你为何忍心将它猎杀成为我们的盘中餐呢？"槐说："这是生计所迫啊！"表兄说："你说错了，鸿雁五常具备，人或许都做不到。鸿雁能携带幼鸟，帮助孤单的鸿雁，这就是'仁'啊！鸿雁配偶死亡，孤寡一人，寂寞终生不再他娶，这就是'义'啊！他们按照次序飞行，从来不抢位置，这就是遵守礼啊！它们嘴里衔着芦苇，飞越关山以躲避群鹰，这是真正的智慧啊！他们每年春天定时从南方飞往北方，秋天从北方飞往南方，都遵守约定的时间，从来没有延误，他们真守信用啊！表弟啊，你为什么这么不义，猎取大雁这种义鸟啊？"槐仰天大笑，说："表兄真是愚笨啊！用义的行为来猎取不义的猎物很难，但用不义的行为来猎取义的猎物很容易，这是人生存的秘诀啊！"

在《论语》中，有"信近于义，言可复也"的说法，信和义是近义词，如果用"信"代替"义"再重复一遍槐所说的话，就真是的体现出现代社会中信与不信的关系。"以信猎不信则难，以不信猎信则易，此乃人生之秘诀也。"

当今社会，有多少守信用的人被不守信用的人猎取利益啊！之所以有这么多人不守信用，其根本原因是不守信可以获取利益。

在熟人社会，不守信用也可以获取一时的利益，但这个不守诚信的事情会在整个熟人社会中公开，一个人一旦被贴上了不诚信的标签，那么他在这个熟人圈子里就无法立足。子曰："人而无信，不知其可也。大车无輗，小车无軏，其何以行之哉？"（《论语·为政篇》）这就是孔子对熟人社会中不守信用的描写：一个人言而无信，是不可以的，就好像小车没有輗，大车没有軏一样寸步难行。

在陌生人社会却不一样，因为这一次不守信用，获取利益后，他不守信用的行为不被社会上的其他人所知，他还有机会再次靠不守信用的行为获取利益。这种情况被很多人重复后，就出现了尔虞我诈、欺骗横行的状况。

重建市场经济体制下的诚信体系

1. 建立诚信公示制度

前面已经分析，我国从熟人社会快速地过渡到陌生人社会。在熟人社会，人们了解自己周围每个人的诚信度，可以选择不与不诚信的人交往，也正是因为这样，不诚信的人很难立足于社会。变成陌生人社会以后，人们无法判断周围人的诚信度，人们无法只与有诚信的人交往，不诚信的人有很大的生存空间。必须建立一个诚信公示制度，让人们有办法了解他人的诚信度。

随着网络技术的不断发展，信息的传播速度也无限加快。从技术层面来看，每个人诚信与否的信息在全世界公开已经没有任何问题。要解决的问题是，由谁通过什么程序公开这些信息。解决这个问题很难。首先，要有一个被社会公众所信任的组织。另外，怎样发布，有一个程序问题，因为有关社会个体诚信度的发布会严重影响人们的行为。弄不好，有权公布公民诚信度的人因为自身利益发布不真实的信息，其结果不是引导社会诚信，会给社会带来更大的不诚信。

发布社会个体诚信度的机构所发布的相关信息被社会大多数人

采信，需要经过一个漫长的过程。我国需要慢慢培育这样的机构，这需要政府有计划有目的地进行。现在这样的机构慢慢地在出现，如法院发布的不执行判决裁定的"老赖"等。社会个体诚信度的相关信息涉及面很广，涉及的行业太多，由于这些行业管理部门权威性不够，如果发布的信息不正确，不仅对建立社会诚信体系没有帮助，而且会有危害。我们有理由相信这样的权威机构会不断出现，每个社会个体的诚信度会被及时公布。最后会像熟人社会一样方便了解他人的诚信信息。这样就可以让不诚信的人无法在社会立足。诚信社会有望实现。

除了逐渐完善诚信公布制度，还需要培养每个人自觉地信守承诺。最后达到《大学》所描述的"毋自欺也。如恶恶臭，如好好色"，把被迫信守承诺，变成发自内心、真心实意地信守承诺，这才是真正的诚信。

2. 培育市场主体诚实守信

第一步，强迫市场主体守信用。建立各项社会制度，让市场主体必须信守承诺，如果不守承诺，必然导致财产损失和人身受罚，让不守信用的市场主体没有立足之地。虽然这个过程艰苦而漫长，但只要努力，这样的社会制度就有可能建成。我们有理由相信，《论语》中描写的"人而无信，不知其可也。大车无輗，小车无軏，其何以行之哉"，一个人要是不守信用就寸步难行、无法立足于世的社会氛围一定会出现。

第二步，能守信。现在的市场主体，在主观上有一个普遍的认识，要用其他人的钱去赚更多的钱。要会使用经济杠杆，用自己较少的钱去撬动更多的钱，为自己创造财富。作为以营利为目的的市场主体，追求利益无可厚非，但必须要有风险意识，因为利用经济杠杆，在可能取得的利益被放大的同时，风险也被同等放大。企业追求做大做强，但实际上很多企业只是做大并没有做强，做大靠的不是自己的实力，而是利用经济杠杆，通过举债的方法来实现。这样的企业在遭遇市场风险的情况下履约能力就大打折扣。由于负债过多没有履行能力，这样的企业想信守承诺也不可能了。

现在很多市场主体急于发财，过分地使用经济杠杆，运气好就发财，也就是《中庸》所描写的"小人行险以侥幸"，在做决策的时候如同赌博，很少顾及风险。这样的市场主体是无法信守承诺的，其结果是造成社会混乱。

作为一个自然人，与社会上的人交往，要取得人们的信任，必须做到信守承诺。要信守承诺，也有一个履行诺言的能力问题，为了避免出现想做但做不到而失信于人的情况，在对他人承诺时，不对自己力所不能及的事做承诺。对自己没有把握的事情，情愿先做然后再说，如孔子所言"先行其言，而后从之"。这样就不会出现言出不行、不守信用的问题。在日常生活中，不要轻易地承诺，一个轻易承诺的人很难守信。要向古人学习，古人认为要是说到做不到，就是可耻的，所以古人的言论不轻易出口。*子曰："古者言之不出，耻躬之不逮也。"*（《论语·里仁篇》）不轻易承诺，但言出必行，只有这样才能成为一个守信用的人，才能成为一个被人信任、受人尊重的人。

第三步，将守信内化为内心之所追求。信守承诺是一个人的美德，对此几乎所有人都没有异议，每个人也都喜欢信守承诺的人。在社会诚信体系建立之后，诚信将变为一种无形的资产。当然，即便社会诚信体系建成，也不能完全杜绝不守信用情况的出现。但长此以往，一个不守信用的人难以在社会上立足。为了使自己成为一个守信用的人，必须真心实意地追求信守承诺，将信守承诺内化为自己必须遵守的一种道德。能像曾子那样，每日三省，这样的守信才是诚信。诚信不只是守信用，而是要自然而然地守信用，就像喜欢美食、美景那样自然。

大道甚夷而人好径

《道德经》说："使我介然有知，行于大道，唯施是畏。大道甚夷，而人好径。"其大意是，假使我稍微有些知识，能够行走在大道上，那么唯一害怕的就是走上邪路。大道是那么平坦，然而人们却喜欢走小的斜路。这是老子的感慨，人们为什么不喜欢走平坦的大道，而要走小的斜路呢？一个花园四周是平坦的大道，在转弯处，人们总会在草坪上踩出一条小路、斜路。这条斜而小的路就是径的本意。"大道甚夷，而人好径"，两千多年来人们的习惯没有改变。表面的原因是"径"是捷径，可以少走路。为什么习惯少走路？因为社会竞争的需要，少走路可以提高效率，可以在竞争中获胜。在激烈的社会竞争中，人们不得不提高效率，所以习惯走捷径。走捷径是三角形两边之和大于第三边的数学原理在实际生活中的应用。时间长了就成了习惯，很多人即使不赶时间，在走三角地带的时候还是习惯走捷径。

四十年前，在深圳的街头有一条醒目的标语：时间就是金钱，效率就是生命！一时之间这一口号成为真理，成了大家所追求的目标。时间就是金钱，就是在最短的时间内获取更多金钱。整句口号就是一个内容：追求效率。在竞争的压力之下追求效率无可厚非。很多人过久了城市快节奏的生活，为了放松心情、释放压力，都希望到乡下过几天慢节奏的生活。这说明人的本性不喜欢竞争的压力，也不追求效率。

"时间就是金钱，效率就是生命"，人类不得不面对竞争，变被动为主动。我们必须正确理解竞争与效率。随着生产力的提高，人口爆炸式增长，人与人之间的内部竞争越来越激烈，为了胜出，必须提高效率。我们必须理解竞争压力和追求效率反映出人类生存的困境。

人类的终极问题是生与死。生体现在人类的繁衍上，人类作为哺乳动物的一种，繁育后代的方式是最不追求效率的。而在死这个问题上，更不追求效率。其他动物过了繁殖期进入衰老期，在自己不能获取食物的情况下就必然死去，这样可以减少物种内的竞争，有利于物种的繁衍，是效率的体现。人类却不同，人老了，哪怕是不能再创造价值的情况下，人类还将长期生存，这叫颐养天年，这是人类区别于其他动物的光荣。当人类面对死亡也讲效率的时候，那将是人类最大的悲哀。这种悲哀现在就出现了，如美国在新冠病毒高发期，治疗疾病的呼吸机不够用的时候，为了提高治疗的效率，把呼吸机给年轻人用。人类不讲效率，无差别地救治每一个人才是人类的光荣。

"大道甚夷，而人好径。"老子对人们好走捷径的行为持否定态度，他把人们喜欢走的小而斜的路等同于他所说的邪路，否定这种为追求效率走捷径的行为。老子在两千多年前已经认识到，走捷径提高效率，无助于缓解人类竞争的压力。两千多年过去了，人们获取生产、生活资料的效率和能力提高了何止千万倍，每个人拥有的财富也显著增加，可人们面对的压力没有减少，反而增加了，所以老子对于人类面对生存所产生的竞争压力开出的药方不是提高效率。他开出的药方有两剂：一剂是对社会个体的"知足"，一剂是对社会群体的"不尚贤，使民不争"。

"故知足不辱，知止不殆，可以长久。"（《道德经·第四十四章》）"祸莫大于不知足；咎莫大于欲得。故知足之足，长足矣。"（《道德经·第四十六章》）老子告诉我们，只有知道满足的人才不会受到屈辱。最大的祸患莫过于不知足，最大的罪过莫过于贪得无厌，所以只有懂得满足的满足，才是永恒的满足。老子的这一剂药方肯定是对症的，可是现代人不肯服用。他们一方面抱怨社会竞争压力大，另一方面又看到哪个行业赚钱就往哪个行业挤，人为地增加竞争压力，永远不满足，永远生活在痛苦中。更有甚者，为了追求财富而不择手段，最后走上犯罪的道路。所以只有懂得知足，才能停下追求利益的脚步，远离利益的竞争，享受人生快乐。

然而，人类的竞争又何止于前面所说的个人所面临的生存竞争，更大的竞争是国与国之间的竞争。国家之间竞争的最残酷形式，那就是战争。现在人类已经拥有可以毁灭地球好几次的核武器储备，核战争一旦打响，人类将面临灭绝的危险。

人类如果灭绝了，很有可能是因为人类自身的竞争，所以老子在《道德经》的最后呼吁："圣人之道，为而不争。"

可以做到的孝顺

孝顺是中国传统文化中十分重要的价值观，但它没有被纳入当今的核心价值观中，不是不需要，而是供给侧无法提供。中国已经进入老龄化社会，年老的父母迫切地需要孝顺的子女，但年轻人提供不了孝顺，因为大部分年轻人在更艰难地生存着。

孔子对孝顺提出了"无违""色难"等高不可及的要求。"无违"是不违背父母的心意，"色难"是指始终给父母好脸色。电视公益广告也在提倡子女多陪伴父母。周末父母为子女准备了一大桌饭菜，然而不断接到子女因为忙不能回家的电话，父母一脸失望和无奈。父母见孩子一面都难，更别提好脸色、坏脸色了。孔子对以"能养"作为孝顺的标准提出了批评。"今之孝者，是谓能养。至于犬马，皆能有养；不敬，何以别乎？"（《论语·为政篇》）"能养"的标准与养犬马无区别。把以上要求纳入孝顺的标准中，年轻人真的难以做到。

孟武伯问孝。子曰："父母唯其疾之忧。"（《论语·为政篇》）

孟武伯是孟懿子的儿子。他向孔子请教孝道。孔子说："要让父母只因为你生病而担心。"这一句话读起来很平淡，但认真品味却大有道理。扪心自问，从小到大，你的父母亲为了你的哪些事情担心过？几乎没有人敢说"我父母只因为我生病担心过"。现在，父母有一句抱怨子女的话："你总是有让我操不完的心。"如果按孔子的观点，这就是不孝。

生活辛苦一点儿，父母亲会觉得没什么，而子女让他们担心，是最令他们难过的。

相声演员冯巩有一段相声，内容就是对儿子从小到大的各种担心，比如读书时早恋，大学毕业后找不到工作，又找不到对象等。他相声中的那些担心都是小担心，真正让父母担心的事还有很多。一些想发大财的子女，企业规模无限扩大，银行贷款几千万，个人借款几千万，到期还不了本息，急得团团转，父母亲有心无力干着急。从表面上看，他们对自己的父母挺孝顺的，为父母买了房买了车，有空看望父母，父母生病了去最好的医院。但所有这些对父母的孝顺都抵不过父母对他的担心，也违背孔子"父母唯其疾之忧"的孝顺原则。

当官的儿子让父母何其风光，可是好景不长，儿子因受贿入狱，父母为其操碎了心。我也不记得有多少次在法庭上为被告人辩护：认为被告人有悔罪表现，被告人深感对不起人民，对不起党，特别对不起年迈的父母。说得被告人泪流满面，期望获得法官的同情，从而能从轻处罚。这样的儿子就不是孝顺的儿子，因为没有做到"父母唯其疾之忧"。

樊迟从游于舞雩之下，曰："敢问崇德，修慝，辨惑。"子曰："善哉问！先事后得，非崇德与？攻其恶，无攻人之恶，非修慝与？一朝之忿，忘其身，以及其亲，非惑与？"（《论语·颜渊篇》）樊迟跟随孔子游于舞雩台下，他说："请问怎样提高自己的品德，怎样消除别人对你的怨恨，怎样才不会做出糊涂的事呢？"孔子说："问得好啊！先做事然后考虑收获，自己的品德不就提高了吗？检讨自己的过失，不苛责别人的过失，不就可以消除别人的怨恨了吗？由于一时的愤怒，便忘了自身的安危，以致连累父母家人，这不就是办糊涂事吗？"孔子在这里虽然讨论的是"什么是做糊涂事"，但把它应用到"什么是不孝顺"也完全可以。由于一时的愤怒，便忘了自身的安危，以致连累父母家人，这不就是不孝顺吗？

现在的年轻人很难，能做到做好自己，不让父母亲为你健康以外的事情担忧，这就是年轻人可以做到的孝顺了。

好好活

好好活是个好命题，是我们一家人共同努力追求的。

我们的孔圣人与常人一样，不愿意与人讨论死的问题。

季路问事鬼神。子曰："未能事人，焉能事鬼？"曰："敢问死？"曰："未知生，焉知死。"（《论语·先进篇》）

人应该活在当下，过好生命中的每一分每一秒。小雨点（作者女儿的小名），你看了我的《归途回望》以后，明显感到了压力和某种程度的不快，这是正常的反应，因为我碰到的本来就是一件让我们一家人感到有压力的事情。我需要面对它，我们一家人都需要面对它。在面对死亡的时候，勇敢、冷静、理智地讨论死亡，不是想死，而是通过思考死亡这件事来坦然地面对死亡。这样做的目的就是为了能好好活。讨论这个问题对于你来说有点儿残酷，但没有办法，谁叫我碰上这种事了呢！小雨点，你这辈子走得太顺，这次碰到老爸生病，也算是你人生成长过程中的一次坎坷吧！从此以后，你会变得更加坚强，更加勇敢。

《论语》中有一句话："君子坦荡荡，小人长戚戚。"不管遇到什么事情，君子总能坦坦荡荡，而小人却常戚戚于心，不能释怀，面对生死大事更是如此。以我的智慧，可以做到坦然面对生死。认真地思考死，可以清楚地知道自己该怎样活，只有这样才可以选择最适合自己的治疗方案。很多人在查出患有癌症以后，就被吓死了。坦然地面对死亡，懂得《道德经》里所说的"外其身而身存"的道理，生病了不对生死戚戚于心，更有希望好好活。这种问题，面对面地讨论难度很大，有的话更难以说出口，好在我们都有文化，可以通过写文章的方式交流，以达到你所希望的加深了解的目的。我和你讨论就是希望我们能相互理解，能团结一致，共同克服困难。事实上在我生病的这段时间，一直得到你与母亲最大的理解和支持，在接受治疗这件事上，目前取得了最有效的治疗效果，对于好好活这一点，我应该是最努力的，也是做得最好的。

　　你希望成为我们的后盾，这使我很感动，我想你已经是我们的后盾了，也是我们生活的动力与骄傲。关于孝顺，我比你有更深入的思考与认识。有一副很有名的对联，上联是"百善孝为先，原心不原迹，原迹贫家无孝子"，说孝顺只要有孝心即可，做出孝顺的事很难。现在你远在国外，难以陪伴父母。你已经最大限度地抽出时间和我们在一起，实际上是既有孝心又有孝行了。道德经上说"家庭不睦有孝慈"，像我们这样和睦的家庭，很难有体现孝顺的感人事迹，况且只要你孝心一动，我就能感知。你的孝顺是毫无疑问的。

　　你现在已经取得博士学位，在同龄人中已处于一个相对较高的起点，我希望你能志存高远，成为一名有贡献的学者。你的学术有成就了，就是对我们的孝顺。只要对你的学术成就有利，老爸都支持，不要把太多的精力放在照顾我这件事上。我这辈子没有成就，其中一个原因就是我从来没有什么目标和理想。我希望你能成为知名的学者，成为我的骄傲。

你说"用心爱身边的人"，我完全同意你的观点。但你认为苦是不可控制的，这种说法不对。智慧可以解决任何痛苦。我在《归途》中说的生离死别是不是太煽情了？实际上每个人都会碰到，有了智慧就不会那么苦了。我希望你在积累学识的同时，也积累人生智慧，以化解人生的各种苦难。希望我的女儿一辈子平安幸福！

己所不欲，勿施于人

有没有一句话可以成为人们一辈子遵守的行为准则？孔子认为是有的，那就是："己所不欲，勿施于人。"

子贡问曰："有一言而可以终身行之者乎？"子曰："其恕乎！己所不欲，勿施于人。"（《论语·卫灵公篇》）对论语中这段话的翻译，前半部分没有争议。子贡问孔子："有没有一句话是可以终生奉行的？"孔子说："大概是宽恕吧！"但对这段文字的后半段"己所不欲，勿施于人"的翻译还有一些争议。

翻阅多本《论语》译注，毫无例外，都把"己所不欲，勿施于人"译为自己不想要的，不要强加到别人身上。这个翻译是不准确的！

我有一件尚好的衣服，因为不喜欢款式，我便把它捐给贫困地区。这样的事，无论过去、现在还是将来，都应该算是一件善事，至少不是一件违反道德的事。如果"己所不欲，勿施于人"的真实含义是"自己不想要的，不要强加到别人身上"，那么我做的这件事恰恰是对这一要求的违背。

是孔子要求人们终生奉行的原则出了问题，还是人们对孔子所说的话的理解出了问题？笔者认为明显是翻译错误。

怎样正确理解"己所不欲，勿施于人"？严谨的做法，是以经注经，从《论语》或者与《论语》有紧密关联的其他儒学著作中寻找答案。

"己所不欲，勿施于人"是对"恕"的解释，它的含义与"恕"的含义紧密相连。"恕"最直接的含义，是他心如我心之意，是将心比心、推己及人的意思。"己所不欲，勿施于人"讨论的是人与人之间"施"与"被施"的关系。准确的翻译应该是"不希望别人强加给自己的东西，也不要强加给别人"。

凭什么这么说呢？因为这一解释可以从《论语》《大学》《中庸》等著作中找到答案。

子贡曰："我不欲人之加诸我也，吾亦欲无加诸人。"子曰："赐也，非尔所及也。"（《论语·公冶长篇》）子贡说："我不想人家强加给我的，我也不愿意强加到别人身上。"孔子说："端木赐啊，这不是你能做到的。"子贡这里所说的"我不欲人之加诸我也，吾亦欲无加诸人"，应该和"己所不欲，勿施于人"是同一个意思，是对孔子这一说法的具体解释，只是孔子认为这不是子贡说做到就能做到的。

《大学》讲国君应该推己及人，在道德上应该起示范作用。所恶于上，毋以使下；所恶于下，毋以事上；所恶于前，毋以先后；所恶于后，毋以从前；所恶于右，毋以交于左；所恶于左，毋以交于右。此之谓絜矩之道。（《大学·第十章》）这段文字的意思是，厌恶上级对自己的言行，就不要这样对待下级；厌恶下级对自己的言行，就不要以此来对待上级；厌恶前面的人的态度，不要以此来对待后面的人；厌恶后面的人对自己的态度，不要用来对待前面的人；厌恶右边的人对自己的言行，不要用此和左边的人交往；厌恶左边的人对自己的言行，不要用此和右边的人交往。这就是絜矩的原则。这就是道德上推己及人。这段文字非常具体明确地说出"己所不欲，勿施于人"所表达的"不想人家强加于我的，我也不应该强加于人"的各种情况。

如果以上说法还不够有说服力，那么孔子的孙子——子思在《中庸》中有对"己所不欲，勿施于人"更直接的解释："忠恕违道不远，施诸己而不愿，亦勿施于人。"意思是能够做到忠和恕，那就离中庸之道不远了。凡是不愿意强加在自己身上的东西，也就不能强加在别人身上。子思在这里用"施诸己而不愿，亦勿施于人"解释"己所不欲，勿施于人"。有了子思的解释，我们应当对"己所不欲，勿施于人"的理解不会产生异议了吧！

与"己所不欲，勿施于人"相关联的命题还有"己所不欲，施与人""己所欲，施与人""施与人者，必己所欲"。"己所不欲，施与人"是强盗逻辑，我不想被人欺负，所以我必须欺负人，这种情况有没有呢？肯定有，美国的霸权主义就是这样，自己不想被人欺负，便欺负别人，必定招人厌恶。

那么"己所欲，勿施于人"呢？因为每个人的兴趣爱好不一样，可能是出于好心，但办的不一定是好事。有个成语叫炙背献芹，说的是一个人觉得芹菜很好吃，他准备把他献给国王。一个人夏天光膀子晒太阳，把脊背晒得又黑又亮，他感到很舒服，也想把这个办法推荐给国王。这个故事在笑话这两个人。这说明，己所欲大可不必施于人。当下有的人在微信上看到他认为好的一条信息，就迫不及待地转发给别人，这也是大可不必的。你认为好的，别人不一定认为好。你喜欢的，别人未必喜欢。

"施与人者，必己所欲"这个命题与"己所不欲，勿施于人"是同等价值的命题，强调要么不施与人，如果施与人，就必须是己所欲的。既然是同等价值的命题，孔子为什么用"己所不欲，勿施于人"而不用"施与人者，必己所欲"？这里有先人的智慧，一个人一辈子可以不将任何东西强加给别人。孔子之所以不讨论什么东西应该施与人，是因为这个问题无法穷尽。孔子只讨论什么是不应该做的，这是智慧的体现。我们在新闻中经常听到一个词——"负面清单"，却从没有听到"正面清单"，原因是正面清单无法穷尽。

"己所不欲，勿施于人"为什么能够成为一个人一辈子应该遵守的行为准则呢？因为只要做到了这一点，就不会做出违背道德的事情。在打人之前，想一想自己是否愿意挨打；偷盗之前，想一想如果自己的东西被人偷了是否可以接受；等等。所以孔子才会说这是一个人一辈子应该遵守的准则。我们不得不钦佩古人的智慧。

笔者认为"己所不欲，勿施于人"不仅应该成为每个人的行为准则，而且应该成为国与国之间的交往准则。每个国家如果都能做到这一点，那世界就太平了。

古人给我们留下足够多的智慧，"己所不欲，勿施于人"就是其中一个。

人类如果都能懂得"己所不欲，勿施于人"的道理，并愿意遵守，那么世界将变得幸福安宁。

交　友

什么是朋友

友或朋友在《论语》中没有具体的定义，但其中不乏对朋友的讨论。

《论语》开篇就有关于朋友的讨论。子曰："学而时习之，不亦说乎？有朋自远方来，不亦乐乎？人不知，而不愠，不亦君子乎？"（《论语·学而篇》）孔子说："学习知识能按时温习不是很愉快吗？有朋友从远方来不是很快乐吗？不了解自己，却不恼怒，不就是一位道德君子吗？"可以看出朋友在一起是很快乐的。

颜渊季路侍。子曰："盍各言尔志？"子路曰："愿车马衣轻裘与朋友共敝之而无憾。"颜渊曰："愿无伐善，无施劳。"子路曰："愿闻子之志。"子曰："老者安之，朋友信之，少者怀之。"（《论语·公冶长篇》）颜渊和子路陪在孔子身边。孔子说："你们何不谈谈自己的志向？"子路说："我愿意把我的车马和裘皮大衣与朋友共用，破了也不心疼。"颜渊说："我的愿望是不夸耀自己的善行，不表露自己的功劳。"子路说："希望听一听老师的理想。"孔子说："让老人安乐，使朋友信任，使年轻人的到关怀。"在这段话中，子路和孔子都谈到朋友，从子路的话中我们可以判断，朋友是可以分享财富的；从孔子的话中可以肯定，朋友是需要信任的。

曾子曰："君子以文会友，以友辅仁。"（《论语·颜渊篇》）曾子说："君子用文章和学问来汇聚朋友，依靠朋友帮助培养自己的仁德。"通过曾子的话可知，好的朋友可以帮助培养自己的仁德，是对自己有益的人。

以上关于朋友的讨论，使我们对什么是朋友有了一个清晰的认识。朋友是相互信任，可以一起分享财富、分享快乐，并且对自己有帮助的人。

交朋友要有选择

孔子曰："益者三友，损者三友。友直，友谅，友多闻，益矣。友便辟，友善柔，友便佞，损矣。"（《论语·季氏篇》）孔子把朋友分成两类：一类是有益的朋友，一类是有害的朋友。每一类朋友各有三种，益者三友，损者三友。益者三友包括正直的朋友、诚信的朋友、知识渊博的朋友；损者三友包括阿谀奉承的朋友、两面三刀的朋友、夸夸其谈的朋友。损友不是真正意义上的朋友，他不具有我前面分析的朋友的特性。孔子在对朋友分类的同时，给出了非常明确的倾向性意见：人应该交益友，不交损友。

子曰："主忠信，毋友不如己者，过则勿惮改。"（《论语·子罕篇》）有人把这段话理解成不要结交水平不如自己的朋友。如果每个人都结交比自己水平高的朋友，不结交水平不如自己的朋友，那每个人都会没有朋友。"毋友不如己者"应该是说朋友的某一方面比自己强，对自己有所裨益。

子贡问为仁，子曰："工欲善其事，必先利其器。居是邦也，事其大夫之贤者，友其士之仁者。"（《论语·卫灵公篇》）"友其士之仁者"的意思是要与一个国家中有仁德的士人交朋友。

现代人交朋友的方法比古人多得多。通过网络交的网友，一起喝酒交的酒友，一起打牌交的牌友，一起进行户外运动交的"驴友"等。这些友都有一个共同的特征：在一起是为了愉快。已经很少有人思考朋友的"益"与"损"了。

在我们广泛的社会交往人中不乏益友也不乏损友，但是沉淀在我们身边的损友往往多于益友，这是由我们自己的喜好造成的。子曰："法语之言，能无从乎？改之为贵。巽与之言，能无说乎？绎之为贵。说而不绎，从而不改，吾未如之何也已矣。"（《论语·子罕篇》）"法语之言"指严肃合理的话；"巽与之言"指顺从附和的话。这一段话的意思是，严肃合理的话能不听从吗？真正改正了才算可贵。恭维附和的话听了能不高兴吗？应该分析话中的真意才算可贵。只高兴而不分析，表面听从而改正，对这种人我就没有办法了。

在我们日常人与人交往的时候，有多少人和你说"法语之言"？恐怕只有"巽与之言"。"巽与之言"听了高兴，很少有人会分析，有的人哪怕分析了，总还是愿意听"巽与之言"，这样会使讲"巽与之言"的人成为你的朋友。一个只会讲"巽与之言"的朋友就是阿谀奉承的朋友，就是损友。领导和有钱老板身边特别容易出现这种只讲"巽与之言"的损友。

物以类聚，人以群分，我们要有意识地结交益友，不结交损友，但益友不是想交就能交的。你选择他人做朋友的时候，也是别人选择你的时候，如果你是一个阿谀奉承、两面三刀、夸夸其谈的人，怎么可能交到正直、诚信、博学的朋友呢？一般情况下，君子有可能结交到益友，小人结交的往往是损友。

怎样交到朋友

子夏之门人问交于子张。子张曰："子夏云何？"对曰："子夏曰：'可者与之，其不可者拒之。'"子张曰："异乎吾所闻：君子尊贤而容众，嘉善而矜不能。我之大贤与，于人何所不容？我之不贤与，人将拒我，如之何其拒人也？"（《论语·子张篇》）子夏的门人向子张请教怎样结交朋友。子张说："你们的老师子夏是怎么说的？"那人回答："我们的老师说：'可以和他结交的便和他结交，不可和他结交的便拒绝他。'"子张说："这和我听到的不一样，君子尊敬贤人，同时也容纳众人；赞美善人，同时也同情能力不足的人。如果我是大贤人，对别人有什么不能容纳的呢？如果我没有贤德，别人会拒绝我，我又怎么会拒绝别人呢？"

我个人很喜欢子夏的话。我结交朋友，也是能结交的就结交，不能结交的就拒绝，没有那么复杂。每个人在不同的人生阶段，由于自己的阅历不同，社会地位不同，个人喜好不同，所结交的人肯定也会不同。结交朋友是双方的共同选择，相互吸引成为朋友，相互拒绝成为路人。子张的话有点儿不着边际，君子敬的贤人不一定是朋友，所容纳的众人更不一定是朋友；赞美的善人不一定是朋友，同情的弱者更不一定是朋友。他说的问题与交友不相关。别人拒绝我和我拒绝别人并不矛盾，可以同时存在。当然，如果把子张的话理解成自己是大贤人，结交的朋友会更多，这一说法倒是成立的。

怎样与朋友相处

子贡问友。子曰："忠告而善道之，不可则止，毋自辱焉。"（《论语·颜渊篇》）"忠告"是指忠心地劝告，"善道"是指善意地开导。整段话意思是，子贡问交友。孔子说："朋友做得不对时，忠心地劝告他，善意地开导他，如果不听，应该适可而止，否则会自取其辱。"

在现实生活中这样的事情不少，作为朋友，只要忠心劝告和善意劝导即可，多劝无益，反而自取其辱。

子游曰："事君数，斯辱矣；朋友数，斯疏矣。"（《论语·里仁篇》）子游说："侍奉君主过于频繁，会自取其辱，和朋友交往次数太多会导致疏远。"强调和朋友交往要保持适当的距离，不要太亲密。君子之交淡如水，就是这个原因。

现代交友工具使朋友之间没有距离，如现在最流行的微信，吃个饭还要把自己吃的菜拍照放到网上，弄得朋友之间没有距离。我特别不适应，所以我不上微信，我也没有微信朋友圈。

论语中的经济学

哀公问于有若曰:"年饥,用不足,如之何?"有若对曰:"盍彻乎?"曰:"二,吾犹不足,如之何其彻也?"对曰:"百姓足,君孰与不足?百姓不足,君孰与足?"(《论语·颜渊篇》)鲁哀公向有若问道:"年成饥荒,朝廷的用度不足怎么办?"有若回答说:"你为什么不采用'彻'这种十成收取一成的税收政策呢?"鲁哀公说:"我十成收取两成的税收尚且不够用,更不要说收取一成了!"有若回答道:"百姓富足了君王怎么会不富足?百姓不富足君王又怎么会富足呢?"

这是《论语》中难得的讨论经济学的问题,我颇感兴趣,想加深理解,想再看一些现代人解读《论语》的论著。到新华书店,在书架上翻到一本王蒙所著的《天下归仁——王蒙说〈论语〉》,于是就把它买下。王蒙是文化大家,担任过我国的文化部部长,希望他的著作可以开阔我的思路。可看了他的著作之后,我的感觉是愤怒——被称之为文化大家的名人怎么能写出这么不靠谱的著作?

看他的第一句翻译就让人吐血，把"哀公问于有若曰：'年饥，用不足，如之何'"翻译成："哀公向有若请教：'赶上灾荒饥馑之年，吃的不够，怎么办呢？'"

哀公不是明君，没有那么礼贤下士，对有若不是请教，最多只是政策的咨询，向谋士咨询和请教是有本质区别的。本文中的"用不足"指的是哀公的用度不足，不能满足他腐朽的生活需要。"用不足"不是哀公吃不饱，哀公还没有困难到吃不饱的境遇。"用不足"也不是老百姓吃不饱，老百姓确实吃不饱，但这不是哀公所担心的。本文中的"用不足"与百姓无关。这本书的翻译很不到位，点评更是如此，所谓的文化大家根本不理解儒家思想。

《论语》这一小段文字生动地展现了哀公与有若的不同形象和内心感受。

在饥年，老百姓吃不饱是不用说的事情，否则就不叫饥年了。饥年老百姓吃不饱穿不暖这不是哀公所担心的，他担心的是税收减少自己用度不足，不能满足自己腐朽的生活需要。这说明哀公不是一个明君。在老百姓吃不饱穿不暖的饥年，这位君主做了什么呢？是加重对老百姓的盘剥，把老百姓的税收增加了一倍，从十分之一的税收增加到十分之二，而且还不满足，不排除继续加税的可能。短短的几个字，把贪图享乐、压迫人民、对人民疾苦麻木不仁的坏君主形象刻画得淋漓尽致。

有若的话反映出他以民为本，对老百姓要实施仁政的儒家思想。"彻"是孔子十分推崇的周文王推行的税收制度，老百姓十成收成，国家收取一成，这是很低的税收制度。我国目前平均税收负担在 30% 以上，全国的财政收入占 GDP 的 30% 以上，"彻"的税额比任何一个西方发达国家的税额都要低。

春秋战国时期，减税就意味着君主的收入减少，也就意味着君主要过相对艰苦的日子。在饥年，有若首先想到的是采用较轻的税收减轻人民的负担，他的思想体现了以民为本的儒家思想，这一政策必然包含对君主的约束，君主应该控制自己的用度，有若的思想也间接地体现了"民为重，君为轻"的思想。

有若反驳哀公说："百姓足，君孰与不足？百姓不足，君孰与足？"百姓富足了国君哪里有不富足的？百姓不富足又哪里有君主的富足？有若在此，除了表现出他对哀公想加税的不满之外，还教育哀公不要把老百姓的利益与自己的利益对立起来，想要国家富裕，必须先让老百姓富起来，这也体现出儒家在经济学方面的思想光辉。

哀公不懂经济，他只知道掠夺老百姓的财物，而不管自己财产的增加就是老百姓财产的减少。在发生饥荒的年代，他的做法无异于杀鸡取卵，势必造成恶性循环。相反，有若知道短期减少君主的开支，减轻老百姓的负担，让老百姓富起来，这样君主才能真正富有起来，他用的是双赢的方法。统治者与被统治者之间有利益对立的一面，也应有统一的一面，要统治好老百姓，必须把老百姓和君主两者的利益很好地统一起来，这也体现出儒家的哲学思想。

在国家财政困难时，执政者怎样做，孔子还有更精彩的论述。子贡问政。子曰："足食，足兵，民信之矣。"子贡曰："必不得已而去，于斯三者何先？"曰："去兵。"子贡曰："必不得已而去，于斯二者何先？"曰："去食。自古皆有死，民无信不立。"（《论语·颜渊篇》）子贡问怎样管理好政务。孔子说："粮食要充足，武装力量要强大，要使民众信任。"子贡问："如果迫不得已必须去掉一项，在三项中先去哪一项？"孔子说："减少军备开支。"子贡又问："再迫不得已还要去掉一项，两项中先去哪一项？"孔子说："缩减用度。从古到今谁都难免一死，如果朝廷失去了人民的信任，国家就难以立足。"

在那个年代，国家财政收入不足，在这种情况下先舍弃什么？孔子认为先"去兵"，然后是"去食"。在这里，"去"只是去掉一部分的意思，"去兵"不是不要武装力量，而是减少军备开支。同样，"去食"不是不吃饭，而是减少开支的意思。要保留的是"民信"，"民信"是立国的基础。孔子把"民信"放在最重要的位置。

现在的经济学家都知道，在经济不景气的情况下，首先要考虑的是减轻企业的负担，减税是其中的一个选项。我国经济目前正在转型期，中央政府强调改革，减轻人民的负担。这与《论语》"去兵""去食""民信"的思想是一脉相承的。

要当好官，首先要学会对老百姓仁慈。孔子认为，当好官不需要学习怎样做官，如果对待老百姓能像对待初生婴儿一样，就可以当好官了。不管在什么时候，当官的人对百姓有一颗仁慈的心是必要的，共产党的干部也要读《论语》。

人类会因为自己的理智而灭亡吗

我在自己楼顶的露台种菜，所以有机会仔细观察植物。通过观察，我还真有点儿感动，继而对比人类，又有点儿担心，人类会因为自己的理智而灭亡吗？

春天来了，自家种的青菜开始抽薹，并开出了黄色的小花，这样的青菜已经不能食用，于是我将它拔起。青菜只要连根拔起，很快就会干死，但已经开了花的青菜却完全不同，哪怕根已经从土里拔出，它也不会像没有开花的青菜那样整株干死。它会把根部的养分慢慢地往已经开花的顶部输送，青菜的根部慢慢变干，然后主干再慢慢变干，只剩开花的部分还活着。没开花的青菜离开土地两三天就干死了，而开了花的青菜，放半个月甚至二十多天，开的小黄花竟然还能结出菜籽，这菜籽种在地里照样能发芽生长。

我真的感动！植物只要有机会，都会顽强地繁衍自己的后代！

我也种西红柿，但自己种的西红柿有一个缺点：很难成熟变红。有几个先变红的都是被虫咬鸟啄受伤的西红柿。我感到奇怪，为什么受伤的西红柿会先成熟？后面又发现西红柿只要摘下就会很快成熟变红。我对此百思不得其解。偶然的看了电视的科普节目，我才知道其中的原因。西红柿在受伤或被摘下以后，感知自己死亡的到来，便用养分加快自身成熟，这样可以使自己的种子具备繁衍下一代的能力。

植物在亿万年的进化中形成了这样的特性：哪怕死亡，也要将自己的基因传递下去！

我感动于植物的坚强，同时也感到物种竞争的激烈，因为物种如果不这样就会灭绝。

回到老家，发现我们家的狗走路一瘸一拐，身上血淋淋的，一问才知道，是为了繁衍自己的后代，争夺交配权被其他狗咬的。当然，有勇气的不只是我们家的狗，别人家的狗也是如此。我感叹我们家的狗不理智，明知抢不到还要抢。

我知道最不理智的是螳螂，公螳螂在交配后会被母螳螂当点心吃掉，因为母螳螂只有吃掉公螳螂才有营养产卵。公螳螂前赴后继、从不退缩，因为这是繁衍后代的需要。螳螂要是理智点儿，早已灭绝了。

而人类因为理智，渐渐让自己陷入困境。据报道，作为发达国家的韩国、日本，除人口老龄化以外，还出现了人口负增长，很多年轻人不结婚、不生子，原因是为自己想以及为后代想。认为自己没有财力物力，结婚生子会影响自己的生活质量，所以决定不结婚、不生子；认为必须为自己的子女创造好的生活条件，以免子女在竞争中处于劣势，在不具备优势的时候不生孩子或者少生孩子。这些理性的思考导致出生率逐年下降。

人们的生活条件改善了，人口出生率却下降了，这不是某个发达国家的个例，而是所有发达国家的通病。人口以每年千分之几或者万分之几的速度下降，按这样的速度，人类将在几万年内灭亡！

前段时间我在网上听王东岳的课，他说蚊子没有灭亡是因为蚊子没有理智，如果蚊子有理智，早就灭亡了。因为雌蚊子在产卵前必须吸血，吸血被人拍死是大概率事件，若蚊子有理智会思考，就会怕被拍死而不吸血，那么蚊子早就灭绝了！

有理智就会灭亡的何止蚊子，前面说的螳螂如此，螃蟹也是如此……

地球上已经没有任何生物可以和人类竞争，人类是所有生物中最强大的，强大的原因是人类有智慧、有思想、会思考，但这很可能会成为人类走向灭亡的原因！

老子在《道德经》中说"坚强者死之徒，柔弱者生之徒"，人类会因为自己的强大而灭亡吗？

但愿我是杞人忧天！

舍 得

《现代汉语词典》对"舍"的解释是"1. 舍弃：四舍五入、舍近求远；2. 施舍：舍粥、舍药"。对"舍得"的解释"愿意割舍；不吝惜"。"舍得"与"舍"的含义没有区别，舍得就是舍弃已经得到的东西，舍得的含义中没有包含想得到的意思。

有舍才有得，想得，必须舍弃。有舍有得，不舍不得，大舍大得，小舍小得。网络上谈论有关人生舍与得智慧的文章铺天盖地，内容无一例外，都是把舍作为得的手段。为了得到大的利益而舍弃小利益，这是利益交换过程中的以小博大，舍不得孩子套不到狼，舍只是手段，得才是目的。这样的舍就如同偷鸡的米，钓鱼的饵，行为者内心没有包含一丝舍的意思，为得而舍的"舍"与"舍得"的含义没有任何关联，这样的解释是对"舍得"一词的曲解。

在讨论"舍得"一词的时候，很少有人谈及真正的舍，绝大部分人都在讨论如何舍中求得，在舍后求得更大的利益。一个人解释舍得，还不需要真正舍的时候就表现出极端不舍得，那么这个人到真正需要舍弃利益的时候还不知道是怎么样的不舍得呢！

以小博大地追求利益不是人生智慧，而是人生而有之的痼疾——贪。人生有八苦，其中就包含了求不得苦和爱别离苦，这两苦的实质就是不舍得。求而不得之苦是不愿舍之苦，爱别离之苦也是不愿舍之苦。

求得之心就是人生而有之的贪心，它不是人生的智慧，而是成就智慧的障碍，除去贪心需要艰苦的修炼，这种修炼佛家称之为布施，而我们俗人称之为舍得。舍得之心不是生而有之的，它需要培养。

我写关于舍得的文章是为了自我勉励，使自己能成为一个豁达、开朗、愉快、不吝啬的老头。

孔子在两千五百多年前就有老年戒得的警告。人生有三戒：少年戒色、中年戒斗、老年戒得。为什么在不同的年龄段所戒的内容不一样呢？因为在不同的年龄段，容易犯的毛病不一样，人到了老年容易变得小气、吝啬，很多年轻时十分豪爽的人老了反而变得异常小气。对名利斤斤计较，对他人施而望报。这样的例子不胜枚举：上班高峰期和年轻人一起挤公交车，从东城到西城只是因为西城的大白菜比东城便宜五毛，虽然便宜的菜钱还没有公交车费多，可是乘公交是免费的，便宜的菜钱是自己的。

我真怕自己变成这样的怪老头。还没有到六十岁，为什么我会有此担忧？因为身体原因病退，生活进入了老年人的状态，担心自己在没有了原来那么多的收入之后会变得小气，所以写文章勉励自己要成为一切皆能放下的豁达、开朗、愉快的老头。

不小气，不是说要和以前一样花钱（事实上也很少有机会花钱），而是观照自己花钱以后的心情和以前有无区别，花钱以后内心有无不舍。如果有，那么就是吝啬的开端，要及时杜绝；如果没有，那就是舍得之心没有变。佛家言"善护念"，就是随时随地观照自己的起心动念，维护善念，摒弃恶念，只有这样，才能使自己始终是一个敢于舍、放得下的豁达之人。

前面说到人不舍得是因为有贪念。人为什么会有贪念？因为有"我执"，认为有一个永远存在的"我"，"我"始终可以拥有一切。然而可悲的是谁也不能永远存在，死亡是人生最确定的事，只是人们不愿意面对、不敢面对罢了。

生病使我如此真实地面对死亡，对舍下一切的感受如此真切，但愿直面死亡的经历能使我成为真正放得下的人，在有生之年可以随顺世缘、了无挂碍，可以平静地面对一切，平安地到达涅槃的彼岸。

躺在床上的消费

我在床上躺了一个小时，就消费近七千元，消费真的不低。消费一次，还觉得不够，先后又消费了十余次，花的钱还真不少。想听我分享消费时的感受吗？消费没有你们想象得那么愉快，不仅不愉快，而且还是一种十分痛苦的体验。

突然被查出患下咽癌，为避免手术，需要化疗、放疗。医生说有一种靶向药对治疗癌症以及防止癌细胞扩散有显著疗效，但需要全自费。每挂一次吊瓶，要求一个小时挂完，每一次六千八百元。

为了保住自己的性命，躺在床上狠命消费的又何止我一人呢？

现在社会上有一种极其普遍的现象，就是年轻的时候拼命赚钱，老了又用钱买命。拼命赚钱就是为了看病吗？年轻的时候真的需要那么拼命吗？

与自己的生命、健康比起来，什么都是浮云！

对于这个观点，《庄子·让王》中的一则小故事最有说服力。韩魏相与争侵地。子华子见昭僖侯，昭僖侯有忧色。子华子曰："今使天下书铭于君之前，书之言曰：'左手攫之则右手废，右手攫之则左手废，然而攫之者必有天下。'君能攫之乎？"昭僖侯曰："寡人不攫也。"子华子曰："甚善！自是观之，两臂重于天下也，身亦重于两臂。韩之轻于天下亦远矣，今之所争者，其轻于韩又远。君固愁身伤生以忧戚不得也！"僖侯曰："善哉！教寡人者众矣，未尝得闻此言也。子华子可谓知轻重矣。"

韩国和魏国为争夺边界上的土地而发生战争。子华子拜见昭僖侯，昭僖侯满面忧色。子华子说："如今让天下所有人来到你面前书写铭记，书写的言词是：'左手抓取东西就砍掉右手，右手抓取东西就砍掉左手，不过抓取东西的人一定会拥有天下。'如果这样君侯会抓取东西吗？"昭僖侯说："我是不会抓取的。"子华子说："很好！这样看来，两只手臂比天下重要，而人的整个身体又比两只手臂重要。韩国与整个天下相比，实在是微不足道的，现在两国所争夺的土地，与韩国全部国土相比又相差很远。你又何必愁眉苦脸伤害身体、损害生命去担忧边界上那点儿得不到土地呢！"昭僖侯说："说得真好啊！教导我的人很多，但从未听过如此高妙的言论。子华子真是懂得孰轻孰重呢。"

有多少年轻人，为了与客户谈成某笔生意而拼命喝酒，为没有被提拔而愁眉苦脸，为一个不爱自己的人寻死觅活……种种伤害自己身体的行为现在看起来不值得。

停止伤害自己吧！省得躺到床上高消费！

昨天，癌症治疗出院三个月，我到医院复查，情况良好，值得高兴，所以著文，以示庆祝！谢谢关心我的所有人。

文化自信

2019 年年底暴发新冠肺炎疫情，该病毒在全世界流行已经三年了。纵观世界抗疫形势，唯有中国这边独好，虽有零星散发，但都在可控范围内，能做到动态清零。中国的抗疫成就为中国经济稳步发展提供了必要条件。中国的抗疫成就除了有中国共产党坚强有力的领导以外，还因中国传统文化产生了作用。中国传统文化强调个人对于社会的责任，强调个人利益对社会利益的服从。当下，每个中国人所表现出的强烈的社会责任感起到了关键作用。西方高发的疫情和对抗疫措施不停的抗议，更彰显了中国文化的魅力，使中国人产生了前所未有的文化自信。

中国共产党第十八次代表大会召开以来，习近平总书记在多个场合提到文化自信。在 2014 年 2 月 24 日的中央政治局第十三次集体学习时，习近平总书记提出增强文化自信和价值观自信，之后他又先后多次提出增强文化自觉和文化自信，是坚定道路自信、理论自信、制度自信的题中应有之义。中国有坚定的道路自信、理论自信、制度自信，其本质是建立在五千多年文明传承基础上的文化自信。我们要坚定中国特色社会主义道路自信、理论自信、制度自信、文化自信。在庆祝中国共产党成立九十五周年大会的讲话上，习近平总书记特别强调文化自信是更基础、更广泛、更深厚的自信。

文化是一个国家、一个民族的灵魂，如果丢掉文化这个灵魂，这个国家、这个民族会永远立不起来。日本帝国主义侵略中国，在中国东三省推行日语教学，禁止中国学生说汉语，就是要从文化上对中国实行控制。领土被占领了还能夺回来，民族文化消亡了，那这个民族就永远没有机会复兴。文化对于一个民族、一个国家极其重要。

习近平总书记认为中国优秀的传统文化可以为治国理政提供有益启示，也可以为道德建设提供有益启发。我国今天的国家治理体系是在我国历史传承、文化传统、经济社会发展的基础上长期发展、渐进改进、内生性演化的结果。只有坚持从历史走向未来，从延续民族文化血脉中开拓前进，我们才能做好今天的事业。没有文明的继承和发展，没有文化的弘扬和繁荣，就没有中国梦的实现。

习总书记告诉我们，优秀的传统文化为我国的文化建设提供了坚实的基础，也为我们的文化自信奠定了强大基础。

中国需要文化自信，我国人民的文化自信也正在形成。回望历史，我们会发现，拥有优秀的传统文化并不必然形成文化自信。儒家文化是我们优秀传统文化的重要组成部分，分析、思考儒家文化的兴衰过程，可以帮助我们形成文化自信。

儒家的思想学说可谓历经磨难，秦始皇焚书坑儒，近代"五四运动"打倒孔家店。然而,它不但没有被打倒,相反在中国甚至全世界正产生越来越大的影响。

秦始皇离我们太远,为什么要焚书坑儒,因本人水平所限,在此无法讨论,但"五四运动"离我们不远。"五四运动"为什么要打倒孔家店呢?通过对这个问题的讨论,我们可加深对文化自信相关问题的理解。

打倒孔家店的根本原因是国人在逆境中产生的文化不自信

中国是文明古国,有五千年的文明历史。明清以前,中国作为一个世界大国,无论是经济实力还是人民生活,都处在世界前列。中国与世界各国的经贸交往、文化交流处于开放状态,各种交流频繁。中国在与世界各国的往来中,尽显大国风范,对外来文化都持包容的心态。明清以后,中国闭关锁国、故步自封,也就是从这个时候开始,西方的资本主义工业革命如火如荼地展开,西方资本主义国家的生产力开始赶超中国。以英国为代表的西方资本主义国家,为了能发展与中国的贸易,用坚船利炮敲开了中国的大门。两次鸦片战争、中日甲午战争、八国联军侵华……中国签订了各种丧权辱国的不平等条约,割地赔款更使中国积贫积弱任人欺凌,中国成了一个半殖民地半封建国家。中国的士人开始反思,为何会落后挨打?看到帝国主义国家的船坚炮利,他们得出一个结论:我们中国器不如人,所以有了洋务运动,但不久就失败了。有人认为是社会制度落后，所以立志变革中国的社会制度，所以又有了戊戌变法，但也失败了。再往根子上找，有的人认为是中国的文化落后，所以有了新文化运动。一百多年过去了，当中华民族再次屹立于世界民族之林的时候，回望我们的传统文化，发现它是那么的灿烂辉煌。

人在顺境中自信，而在逆境中就容易不自信，不仅现代人如此，古代人也是如此。孔子知弟子有愠心，乃召子路而问曰："《诗》云'匪兕匪虎，率彼旷野'。吾道非邪？吾何为于此？"子路曰："意者吾未仁邪？人之不我信也。意者吾未知邪？人之不我行也。"孔子曰："有是乎！由，譬使仁者而必信，安有伯夷、叔齐？使知者而必行，安有王子比干？"（《史记·孔子世家》）孔子知道弟子们心中不高兴，便叫来子路，问道："《诗经》上说'不是犀牛也不是老虎，然而它却徘徊在旷野上'，是我们的学说有什么不对吗？我们怎么就落到这种地步呢？"子路说："大概是我们的德还不够吧，所以人家不信任我们；想必是我们的智谋还不够吧，所以人家不放我们通行。"孔子说："有这样的道理吗？仲由啊，若有仁德的人必定能使人信任，那么还会有伯夷、叔齐饿死在首阳山吗？若有智谋的人就能畅行无阻，那么会有王子比干被剖心吗？"

这一段故事在《论语》中也有记载。在陈绝粮，从者病，莫能兴。子路愠见曰："君子亦有穷乎？"子曰："君子固穷，小人穷斯滥矣。"（《论语·卫灵公篇》）孔子与他的学生们被困在陈、蔡之间，没有饭吃，人都饿得站不起来。子路满脸不高兴地来见孔子，说："君子也会有这样穷困潦倒的时候？"孔子说："君子尽管穷困，但还是能坚持自己的原则；小人穷困潦倒，会什么事都干得出来。"

面对逆境，子路对孔子的学说明显表现出不自信，提出孔子的学说不够仁、不够智的质疑。子曰："道不行，乘桴浮于海。从我者，其由与？"子路闻之喜。子曰："由也好勇过我，无所取材。"（《论语·公冶长篇》）孔子说："要是我的学说不能推行，就乘着木筏漂流到海外去。那时候能跟着我的大概只有子路吧？"子路听了很高兴。孔子说："你好勇的作风大大超过了我，但没有其他什么可取的才能。"通过这段文字可看出子路是孔子的忠诚追随者，但在逆境中，子路还是面有愠色，对孔子的学说提出了不够仁、不够智的质疑。这就是对孔子思想学说的不自信。出现这种不自信的主要原因就是身处逆境。

清朝末年，中国受到帝国主义欺凌的时候，全国人民所面临的困境比孔子被困于陈蔡之间更艰辛，而国人对儒家思想的认识也未必有孔子爱徒子路的水平，子路尚且会对孔子的思想产生质疑，那么在我们整个民族饱受帝国主义欺凌的时候，中国人对传统文化不自信就在所难免了，提出打倒孔家店也不足为奇了。

文化自信来自于对文化的深入认识与理解

文化自信必须基于对文化的深入且正确的理解。理解得越深越自信，理解得越浅越容易产生动摇。

孔子和他的学生被困于陈、蔡之间，处于同样困境的颜回，因为对孔子学说的理解要比子路深刻，所以虽然身处逆境，但对孔子学说的正确性没有丝毫的怀疑。子贡出，颜回入见。孔子曰："回，

《诗》云'匪兕匪虎，率彼旷野'。吾道非邪？吾何为于此？"颜回曰："夫子之道至大，故天下莫能容。虽然，夫子推而行之，不容何病，不容然后见君子！夫道之不修也，是吾丑也。夫道既已大修而不用，是有国者之丑也。不容何病，不容然后见君子！"孔子欣然而笑曰："有是哉，颜氏之子！使尔多财，吾为尔宰。"（《史记·孔子世家》）子贡出去之后，颜回进来见孔子。孔子说："颜回，《诗经》说'不是犀牛也不是老虎，然而它却徘徊在旷野上'。是我们的说学有什么不对吗？我们何以落到这种地步？"颜回说："老师的学说博大到极点，所以天下没有一个国家能接纳。虽然这样，老师还是应该推行自己的学说，不被天下接纳又有什么关系？不被接纳，方能显出君子本色！一个人不研修自己的学说，那才应该感到耻辱。至于一种伟大的学说不被当权者所用，那是他们的耻辱。不被天下接纳又有什么关系呢？不被接纳，方显出君子的本色！"孔子听了欣慰地笑着说："是这样的啊，姓颜的小伙子，假使你有很多钱财，我愿意给你做管家。"

同样处于逆境之中，子路对孔子的学说产生了怀疑，而颜回却没有丝毫的怀疑。究其原因，就是颜回对孔子学说的理解与认识比子路深刻得多。

我们想建立对我们传统文化真正的自信，不因为环境的变化而动摇，就必须加强对传统文化的学习，加深对传统文化的理解。只有真正了解了，才不会人云亦云。

打不倒的孔家店

孔子的思想学说从创立伊始就备受质疑与批评，但质疑与批评并没有影响其崇高与伟大。

叔孙武叔语大夫于朝曰："子贡贤于仲尼。"子服景伯以告子贡。子贡曰："譬之宫墙，赐之墙也及肩，窥见室家之好。夫子之墙数仞，不得其门而入，不见宗庙之美，百官之富。得其门者或寡矣。夫子之云，不亦宜乎！"（《论语·子张篇》）叔孙武叔在朝廷上对大夫们说："子贡比孔子更贤德。"子服景伯把这些话告诉了子贡。子贡说："拿房屋的围墙打比方，我家的围墙只有肩膀那么高，所以能看见房子里的陈设有多么漂亮。我老师家的围墙有数丈高，找不到大门进去，就看不到宗庙的壮美和房舍的富丽。能够找到我老师家大门的人或许太少了，叔孙武叔那样说不也很正常吗？"孔子的学说不被当时的当权者看好，不是因为孔子的学说不好，而是人们对孔子的学说根本不理解，不知道其学说的伟大。

陈子禽谓子贡曰："子为恭也，仲尼岂贤于子乎？"子贡曰："君子一言以为知，一言以为不知，言不可不慎也。夫子之不可及也，犹天之不可阶而升也。夫子之得邦家者，所谓立之斯立，道之斯行，绥之斯来，动之斯和。其生也荣，其死也哀。如之何其可及也？"（《论语·子张篇》）陈子禽对子贡说："你是谦恭吧！难道仲尼的学问比你还强吗？"子贡说："作为君子，一句话就可显示出他的智慧，一句话也可以暴露出他的无知，所以说话不可以不谨慎啊！

我老师孔夫子的学问高不可及，就好比青天不可以用梯子爬上去一样。如果让我的老师当诸侯，他让百姓成家立业，百姓就能成家立业；他指引百姓，百姓就会跟着他前进；他安抚百姓，百姓就会归附于他；他动员百姓，百姓就会齐心协力。他在，世誉满天下，他死了，万民同哀。我辈哪里能够企及呢？"正因为孔子的学问高不可及，所以人们不知道他学问的好处。

叔孙武叔毁仲尼。子贡曰："无以为也！仲尼不可毁也。他人之贤者，丘陵也，犹可逾也；仲尼，日月也，无得而逾焉。人虽欲自绝，其何伤于日月乎？多见其不知量也。"（《论语·子张篇》）叔孙武叔毁谤仲尼。子贡说："不要这样做。仲尼是毁谤不了的。旁人的贤能好比丘陵，还能够逾越；仲尼的贤能好比太阳与月亮，是不可逾越的。有人要自绝于太阳与月亮，那对太阳与月亮有什么损害呢？这只能暴露出他们的不自量力罢了！"这是子贡的预言，孔子是打不倒的，要想打倒孔子，就像要毁灭太阳与月亮一样不可能，最后只能自取灭亡。

颜渊喟然叹曰："仰之弥高，钻之弥坚。瞻之在前，忽焉在后。夫子循循然善诱之，博我以文，约我以礼，欲罢不能。既竭吾才，如有所立卓尔。虽欲从之，末由也矣。"（《论语·子罕篇》）颜渊感叹着说："老师的道德和学问，仰望它，越觉得它崇高；钻研它，越觉得它艰深。看着好像在前面，忽然好像到了身后。老师善于循序渐进地引导我们。用各种文献丰富我们的知识，用礼约束我们的言行，我即使想终止学习也不可能。我用尽了才力，似乎见到它高高地耸立在前面，我虽然想追随，却又找不到合适的路径。"

子贡与颜渊是孔子最得意的门生，他们用自己的文字歌颂孔子学说的崇高与伟大。他们把孔子的学说比作耸立的高山，比作日月，他们是儒家文化的守护者与传播者，面对人们对孔子思想的质疑，他们予以坚决回击。

经过两千五百年历史的检验，儒家文化证明了其思想价值，人们对儒家文化的批判不仅没有影响其伟大，反而对人们能正确理解儒家文化起到了积极作用。

中国的传统文化博大精深，有价值的何止儒家一家？作为中华民族的子孙，我们完全有理由花时间学习它、理解它，这不仅有利于建立文化自信，而且有利于吸收中国传统文化中有益的部分。如果中国人能认真研究自己的传统文化，吸收其中的精华，那么中国文化必然屹立于世界文化之林，并引领世界文化潮流。

中国人有理由对自己的文化更自信！

文质彬彬

　　"文质彬彬"是一个常用的成语，《现代汉语词典》对"文质彬彬"的解释："原来形容人文雅又朴实，后来形容人文雅有礼貌。"文质彬彬的内涵极其丰富，《现代汉语词典》对它的理解十分浅表，没有揭示其实质的内涵。要真正理解文质彬彬的含义，必须读《论语》。

　　子曰："质胜文则野，文胜质则史。文质彬彬，然后君子。"（《论语·雍也篇》）孔子说："一个人的质朴超过其文采就会显得粗野，文采超过质朴就会显得浮夸。文采和质朴相互匹配，那才是一位君子。"

　　在我们的日常生活中，以"文胜质则史"的居多，例如，林黛玉骂贾宝玉是中看不中用的银样镴枪头，这就是对"文胜质则史"的表达；成语"金玉其外败絮其中"也同样是对"文胜质则史"的表达。

　　"质胜文则野"的人在《论语》就有一位，他是孔子的学生子路。

子曰："衣敝缊袍，与衣狐貉者立而不耻者，其由也与？'不忮不求，何用不臧？'"子路终身诵之。子曰："是道也，何足以臧？"（《论语·子罕篇》）孔子说："穿着破旧的丝绵袍人，与穿着狐裘袍子的人站在一起，能不感到自卑的，大概只有仲由吧？《诗经》说：'不损人不贪求，为什么不好呢？'"从此以后，子路常常背诵这两句诗。孔子说："这确实是做人的准则，但仅仅这样，又怎么能说好呢？（因为没有做到文质彬彬）。"

现在"质胜文则野"的例子却不多见。因为现在是一个追求自我表现的社会，况且一个真正才华横溢的人，本身就应该能够做到准确表达。如果一定要找，那么已故的数学家陈景润可以算"质胜文则野"一类的人。袁隆平可以算一个，他为解决十四亿中国人的吃饭问题做出了杰出贡献。

当下有一些艺术家，他们不修边幅，留着长发，穿另类的服装，这是另类的表达，但不属于"质胜文则野"的范畴。那些学了点儿艺术但又还不能称为艺术家的人却学艺术家的样子，留长头发，穿奇装异服，他们就更不是"质胜文则野"了，而是"文胜质则史"的浮夸者。

文与质那个更重要？《论语》对此也有深入的讨论。棘子成曰："君子质而已矣，何以文为？"子贡曰："惜乎，夫子之说君子也！驷不及舌。文犹质也，质犹文也。虎豹之鞟犹犬羊之鞟。"（《论语·颜渊篇》）"驷不及舌"的"驷"是四匹马拉的车，这句话的意思是四匹马拉的车也赶不上舌头。这句话也是成语"一言既出驷马难追"的出处。"鞟"读音为 kuò，意思是去了毛的兽皮。这是孔子的学生棘子成和子贡讨论君子的文采和本质哪个更重要的对话，其内容极其精彩。棘子成说："君子只要本质好就行了，为什么还要讲究文采呢？"子贡说："太可惜了，你如此谈论君子。君子一言既出，驷马难追。如果一个人的文采就如同他的本质，本质也如同他的文采，那么去了毛的虎豹皮与去了毛的狗皮、羊皮就一样了！"

现在也有人赞成棘子成说的话，认为君子只要本质好就行了，为什么还要讲究文采之类的外在表现呢？但你想，一个人在公共场所，打着赤膊，穿着拖鞋，嘴里叼着香烟，他的本质再怎么好也不是一个君子，况且有这样的外在表现，内在本质也不可能好。

文与质的关系就是形式与内容的关系，它属于哲学范畴。任何形式都会表现一定的内容，任何内容也都需通过一定形式表现出来。对于一个人来说，什么是文、什么是质是极难区分的。一个人的质包括他的学识、经验、道德水平等，文包括外貌特征、穿衣打扮、言谈举止、行为习惯、荣誉称号等。这些可以看作是外在表现的言谈举止、行为习惯等，也可以看作是一个人的质。

随着社会的发展，现在已经很难区分农村人和城里人了。但四十年前，在大学新生中，可以一眼看出哪个是农村孩子，哪个是城市孩子。等到大学毕业，外貌虽没有多少改变，但已经难以区分谁是农村孩子，谁是城市孩子了，因为他们有同样的文化知识、同样的思想意识。质的改变同时也带来了文的改变。这充分体现出"文犹质也，质犹文也"。有的人说一个女人最好的美容方法是读书，女人读书会从脸上显现出智慧。一个有书卷气又有智慧的女人是最美丽的。这句话显然是片面的，读书何止是女人的美容手段，读书是所有人的美容手段。多读点儿书，有书卷气，人的气质就会自然而然地改变。

前面说的真正的艺术家们不讲究穿衣打扮，但仍然掩盖不了其才华，其魅力还是光芒四射。这说明一个真正有内涵的人，可以靠内在弥补其穿着打扮的不足，但穿着打扮却无法掩盖一个人内在的空虚。最常见的例子就是暴发户，一夜暴富后他们可以马上改变自己的穿衣打扮，但无法改变自己的内涵。

从出生到死亡，每个人的质与文都在变化，文质彬彬讲究的是质与文相匹配，只要两者匹配，人在哪个阶段都有魅力。著名演员秦怡就是一个生动的例子，虽然满头银发，但依然富有魅力。相反，如果不匹配，就会显得丑陋，有的演员不甘心岁月的逝去，想青春永驻，借助于整容，最后导致质与文不匹配。人只要不断充实自己，使自己不变质，哪怕老了也光彩依旧。

文质彬彬不仅要求文与质匹配，而且要求二者兼备，孔子对此提出了明确的要求。子曰："君子义以为质，礼以行之，孙以出之，信以成之。君子哉！"（《论语·卫灵公篇》）一个君子要把义作为自己的本质，用礼实现它，用谦逊的态度表达它，用诚信完成它。这样做才是君子！这才是文质彬彬的最高要求。

下一代的教育培养

　　家庭教育是一个十分重要的话题，也是一个十分严重的社会话题。人们认为发展可以解决所有问题，可是发展在解决问题的同时也会产生更多的问题。随着我国人均 GDP 的递增，我国逐渐向发达国家靠近，这本来是一件十分喜人的事情。可富裕以后，人们培育下一代的压力不但没有减小，反而增加了。现在发达国家低生育率、不愿意生育孩子成了一个普遍问题，甚至在极少数国家出现了人口负增长。我们国家还没有进入发达国家行列，但已经成为低生育率国家。国家虽然及时调整了生育政策，但收效甚微。造成这种状况的原因很多，最主要的是下一代的培养成本太高，压力太大，下一代的教育培养成了一个社会问题。

　　笔者响应国家的独生子女政策，只有一个女儿，女儿二十六岁就顺利地取得了博士学位，两年后完成了第一份博士后工作。现在看来，我的下一代至少三观正常，不论以后成就多大，至少可以成为社会中正常的一员。作为父辈，可以说我完成了培养下一代的任务。

回顾以往，笔者确实没感觉到育儿的压力，所以对现在的育儿压力有些疑惑。我们下一代的培养到底有什么问题呢？笔者仅谈一谈自己的观点，不足为鉴。

目前培养下一代普遍存在以下问题

1. 孩子缺少父母的慈爱

无论儒家还是道家，都强调对子女的慈爱，慈爱是教育下一代的重要途径。有的人会问，还会有父母对自己的孩子不慈爱吗？在笔者看来，现在的孩子普遍缺少父母的慈爱。

现在的中国社会存在一个突出问题，就是留守儿童问题。留守儿童一年见不到父母几次，有的甚至几年才能见父母一次。这些留守儿童法无享受父母的慈爱。他们的父母为生活所迫外出打工，确属无奈之举。他们常说的一句话就是他们也爱自己的孩子，出门打工也是为了孩子以后有更好的生活。可是这样的爱，不能直接让他们的孩子感知，他们对孩子的爱也不能说是慈爱。笔者无权指责这些父母，但孩子缺少父母的慈爱是一个不争的事实，这对孩子正常成长的影响或许比生活条件差的影响更大。作为父母，是给孩子的将来创造更好的生活条件，还是现在就给孩子更多的慈爱，这是可以选择的。

还有一些富裕家庭，父母都是独生子女，在娇生惯养中长大，虽然自己为人父母，但没有承担起父母的责任，抚育下一代的责任落在了自己父母的身上。他们的孩子虽然不是留守儿童，但仍然缺少亲生父母的慈爱。

没有哪个女人先学会养孩子再嫁人，养育孩子是人类的天性。我女儿出生以后，我的姑妈帮我们带了一个月。孩子满月以后，我老婆请了一年的哺乳假，之后就由我们夫妻两个人自己带孩子。回想第一次给女儿洗澡、换尿布是何等的笨手笨脚，但因为有爱，绝对不会伤害到自己的孩子。我的经验是只要有爱有责任心，带孩子不用事先学习。

孩子健康成长和父母亲自抚育有最直接的关系，因为只有这样才能产生最亲密的感情和互动。

2. 父母希望孩子实现自己没有实现的愿望

有很多家长，自己没有受过良好的教育，留下了很多遗憾，便把希望寄托在下一代身上，望子成龙、望女成凤，对下一代过度培养，一个星期恨不得能排出八天，各种兴趣班、课外辅导班，把小孩的时间排得满满的，没有留一点儿空闲和玩乐的时间，名义上是爱，实际上是父母自私。

还有一种过度培养更是自私的表现。出于虚荣心，认为自己的孩子不如某某家的孩子好，不能接受。也不了解自己家孩子的具体情况，报各种辅导班，一味地要求孩子读书考试，考名牌大学，希望孩子能够出人头地。

以上这些被父母逼着学习的孩子，他们的物质生活条件比留守儿童好很多，能天天和父母在一起，但是他们感受到的不是父母的慈爱，这对孩子的成长有很大的害处。

我家没有望女成凤，认为只要接受正常教育即可，从小到大只给女儿报了一个学长笛的兴趣班，后来女儿没有兴趣也就不学了。笔者是一个俗人，认为人有广泛的兴趣的确是一件好事，但对大多数人而言，当不得饭吃，结婚以后柴米油盐比兴趣更重要。兴趣爱好不应该成为孩子的负担，也不应成为父母的负担。

3. 对孩子过度溺爱

这种情况在当下是最普遍的。

富裕家庭容易出现溺爱孩子的情况自不必说，但这种溺爱孩子的毛病在普通家庭也照样存在，且危害更大。这就是穷家富养的问题。一些家境并不宽裕的家长，不愿正视家庭条件不如别人的现实，认为再苦也不能苦孩子，出于对孩子的补偿心理，总想为孩子提供超出自己能力承受范围的物质条件。他们认为孩子出人头地的唯一出路就是读好书，考名牌大学，学习之外的事情，从不让孩子插手，最后将自己的孩子惯出了衣来伸手、饭来张口的毛病，不仅爱慕虚荣，而且不懂感恩。最后大学没有考上，却成了一个真正的败家子。

子曰："爱之，能勿劳乎？忠焉，能勿诲乎？"（《论语·宪问篇》）穷人的孩子早当家不能只是一句俗语，而应该成为一种常态。出身寒门的孩子，因客观条件限制，需要比别人付出更多的努力，这也是成长必需的经历，是精神财富。在孩子的成长过程中，精神财富比物质条件更重要。笔者就是真正在穷人家庭中长大的，童年的苦难是笔者人生最大的财富。

有一句话叫"恩以生害"，你对你的孩子太好了，好到极点了，也会害了他。

笔者对自己的孩子不溺爱。孩子从小皮肤不好，每个星期要从建德市到杭州市看中医。为了减轻路费的负担，女儿从初一开始就自己一个人到杭州看病。这对她以后的独立自主是一种极大的帮助。

4. 不了解自己孩子的缺点

《大学》言"人莫知其子之恶，莫知其苗之硕"，意思是父母对儿女有偏爱，只看到他的优点，很难看到他的缺点，而对自己种的庄稼，总觉得它不够苗壮。

中国虽然有"知子莫若父"的说法，但父母对儿女的禀赋天性不一定看得清楚，更难发现他们的缺点。

我有一个特别要好的朋友，他的儿子学的是工商管理。儿子从新加坡留学回来后，通过和儿子交谈，他认为儿子学得不错，有做生意的天分，便把自己企业中的一部分给儿子管。可他不知道儿子有赌博的恶习，儿子被人引诱，参与赌博，而且越赌越大，输了四五千万，最后把他辛辛苦苦经营几十年的企业输个精光。发展到后来，到处骗钱，父母无力偿还，最后还经历了牢狱之灾。

5. 认为自己的孩子是天才

有些父母看到自己的孩子某一方面比别人家的孩子强，就觉得自己的孩子在这方面是天才。比如孩子歌唱得不错，就往这方面使劲培养，这还不算，还到处显摆，动不动说自己的孩子是童星，如果有机会在媒体上露脸，不惜挤破脑袋，最后孩子没有成为歌星，却因缺少基础教育，连基本生存的能力都不具备。这样的父母最应该阅读的是王安石的《伤仲永》。

子曰："苗而不秀者有矣夫！秀而不实者有矣夫！"（《论语·子罕篇》）孔子说："庄稼只长苗而不吐穗扬花是有的，只吐穗扬花

而不结果实也是有的。"作为父母，不要一看到苗子就认为必然会开花结果。

笔者认为子女成才是自然的结果，不是父母追求的结果。

不要把出人头地作为培养下一代的目标

当今社会竞争激烈，"不要输在起跑线上"成了一句口号。父母因此终日惴惴不安，生怕自己的孩子输在起跑线上，再加上各种培训机构借机炒作，孩子有了上不完的各种培训课，最后既害苦了孩子，又害苦了父母。

每个人的人生目标不同，出生的时间、地点、条件也不同，人生的起点是生来就确定的，不用为起点发愁，发愁也没有用。过度竞争是因为人与人之间有太多的相同，要想减少竞争，就需要选择与别人不同的道路，所以《道德经》中有"学不学"之建议。不要简单地重复学习人家所学的内容，要学人家没有学过的东西，走不同的人生道路。

人生没有绝对的输赢，有了出人头地的想法，父母会累一辈子，子女也会跟着累一辈子。作为父亲，我给孩子设定的目标就是健康快乐地成长。

笔者怕女儿读书辛苦，曾经和她交流："你以后可以读法律，毕业以后到老爸的律师事务所工作，读书不用那么辛苦！"但是女儿的发展有自己的轨迹，她不按我们的规划走，女儿读博士、博士后，都不在我们的规划之内。儿女健康成长是目标，成就事业是副产品。

中国最伟大的教育家孔子是怎样教育他的儿子的？他给儿子设定的人生目标是什么？陈亢问于伯鱼曰："子亦有异闻乎？"对曰："未也。尝独立，鲤趋而过庭。曰：'学诗乎？'对曰：'未也。''不学诗，无以言。'鲤退而学诗。他日，又独立，鲤趋而过庭。曰：'学礼乎？'对曰：'未也。''不学礼，无以立。'鲤退而学礼。闻斯二者。"陈亢退而喜曰："问一得三：闻诗，闻礼，又闻君子之远其子也。"（《论语·季氏篇》）孔子的学生陈亢问孔子的儿子伯鱼："你父亲有没有给你讲我们上课以外的内容？"伯鱼回答道："没有啊。有一次，我父亲一个人站在院子里，我快步从庭院穿过。我父亲问道：'学过《诗经》了吗？'我回答：'还没有。'我父亲说：'不学好《诗经》，说话没有依据。'我退下以后就去学习《诗经》。过了些日子，我父亲又独自站在那里，我快步从庭院走过。父亲问我：'学礼了吗？'我回答：'没有。'我父亲便说：'不学好礼仪，就无法立足于社会。'我退下以后就学习礼。课堂以外我就听到这两次教导。"陈亢告辞后，很高兴地说："我问了一个问题，得到三点收获，知道《诗经》和礼的重要，同时还知道君子对自己的孩子没有偏心。"这是《论语》中唯一一则讨论孔子如何教育儿子的内容。孔子要求自己儿子学习的内容是《诗经》和"礼"，都是再普通不过的内容，教育的目的是说话有依据，能立足于社会。把它放到现在，就是学习最基本的知识和社会规范，目的就是可以立足于社会。在孔子的教育目标中，没有做大官、发大发财以及成名成家等要求，其目标实在是平凡得很。

孔子的儿子英年早逝，但有理由相信，孔子对下一代的教育是成功的，因为孔子的孙子子思便是《四书》之一《中庸》的作者。子思很好地继承和发扬了儒家的思想，成为一代思想家。北宋徽宗年间，子思被追封为"沂水侯"；元文宗至顺元年，又被追封为"述圣公"，后人由此而尊他为"述圣"。

让儿女快乐健康成长已经是很难实现的目标了，如果再加上让孩子出人头地的想法，最后的结果可能是毁了孩子一生的幸福。

世界上的成功者，很少有人是父母规划出来的，让孩子自由发展，才是真理。

身教在对下一代的教育中起关键作用

前段时间我在网络上看到一篇文章，说一对父母向一位高僧抱怨自己的儿子不听话，问高僧该怎么办。高僧没有直接回答他，而是反问用复印机复印文件，如果原件错了，复印出的文件能不错吗？要想复印出的文件不错，首先要保证原件没错。

高僧不愧是高僧，回答直击要害。现在很多父母自己有种种恶习，在孩子身上发现恶习后，批评孩子，希望孩子能够改正，孩子始终不改，于是抱怨孩子不听话。现在的父母大多是手机控，整天手机不离手，自己的孩子也有玩手机的毛病，而且严重影响视力，所以父母叫孩子不要玩手机，可这样的话说得再多，一点儿用都没有，原因是言教不如身教。

季康子问政于孔子。孔子对曰："政者，正也。子帅以正，孰敢不正？"（《论语·颜渊篇》）"政"的意思就是正，政治的道理就是领导社会走上正道。"正己而正人",自己先做到端正,然后方可正人。一个行政领导、企业高管,要领导、教育下属、职工,必须正己而正人。同时孔子又告诉季康子"子帅以正,孰敢不正"。只要领导自己做得正,下面的风气自然就正了。教育子女,又何尝不是如此?

不仅儒家如此,道家亦是如此。老子强调的是"行不言之教",其实就是强调身教。

教育下一代,不是单纯教育一代人的问题,关键要从自身做起,这样才有可能教育好自己的下一代。

追求幸福的逻辑悖论

幸福是一个美好的词，人人追求幸福，而幸福总是可望而不可即。等你求得了幸福，幸福又稍纵即逝。人们的物质生活条件越来越好，可人感受到的幸福却越来越少。幸福越追求越难得，这就是追求幸福的逻辑悖论。

想弄清楚这一切，必须搞清楚什么是幸福，人们为什么要追求幸福。

《现代汉语词典》对幸福的解释："1. 使人心情舒畅的境遇和生活。2.（生活、境遇）指称心如意。"幸福可划分为四个维度：满足、快乐、投入、意义。幸福指人们在无忧无虑和随心所欲地体验自己理想的精神生活与物质生活时，获得满足的心理感受。无论哪种解释，幸福都体现为欲望满足时愉悦的情绪。

幸福是一个心理学概念，属于自我意识情绪的范畴。

自我意识情绪是指个体在具有一定自我评价的基础上，通过自我反思而产生的情绪，是将自我卷入情绪中的一种特殊情绪类型，包括内疚、羞耻、尴尬、嫉妒、自豪、愉悦等。自我意识情绪的存在必须具备三个条件：第一，自我意识，就是主体意识，认为有一个"我"的存在。第二，个体必须内化一定的标准、规则和目标。第三，个体必须将自我和这些内化的标准、规则和目标相比较，以确定自己是否成功，将成败归于内部原因并指向自我的时候所产生的情绪即自我意识情绪。幸福是自我意识情绪中的一种，是当个体将自我和这些内化的标准、规则和目标相比较，认为自己成功，将成功归于内部原因并指向自我的时候所产生的积极愉悦的情绪。幸福是各种心理欲望得到满足时表现出的积极、愉悦的自我意识情绪。

幸福是心理学概念，更是社会学概念，因为每个个体内化的评判自我成功与否的标准、规则和目标等虽然和个体的主观因素相关，但还会受社会标准、规则和目标的影响。幸福是个体的心理体验，同时也是社会对个体的评价，两者具有高度的一致性。

幸福是人们处于顺境，各种欲望得到满足时所表现出的积极、愉悦的情绪。追求幸福就是对欲望满足的追求，实质就是对顺境的执着。

追求幸福，无论结果如何，过程都是艰苦的。因为如果是在享受幸福，那就不是在追求了，所谓有求即苦就是这个道理。追求幸福有成功的可能，那么就有失败的可能，如果失败了，那就是苦上加苦，这种苦叫作求不得苦。这其中的种种滋味只有有求不得经历的人才能真正理解。

历经艰辛，终于取得了成功，享受到了幸福，可是幸福却又十分短暂,为什么呢?追求幸福必须不断满足更多的欲望,同样的获得,幸福感会递减,当同样的获得发生多次以后,幸福感就降低甚至为零。老子在《道德经》第二章中说:"天下皆以美之为美,斯恶已,皆知善之为善,斯不善已。"我年轻的时候,大家向往的幸福美好生活为楼上楼下、电灯电话,土豆烧熟了再加牛肉等。这种生活早已实现,当大家都能享受着这种生活的时候,就不再有幸福感了。

幸福总是短暂的,还有另一个原因:欲望总是无休止的。一个欲望满足了,一个新的欲望立马产生。清代《不足歌》就是对这种欲望无止境的生动描写:"终日奔波只为饥,方才一饱便思衣。衣食两般皆俱足,又思娇娥美貌妻。娶的美妻生下子,恨无田地少根基。良田置得多广阔,出门又嫌少马骑。槽头扣了骡和马,恐无官职被人欺。七品县官还嫌小,又想朝中挂紫衣。……若要世人心满足,除非南柯一梦兮!"

实现自我追求的目标是幸福的必要条件,但不是充分条件。在完成人生目标时,可能已经没有了享受幸福的能力,没有能力唤起愉悦的心情。有多少功成名就的人,在功成名就的时候已经无法享受自己所求得的一切。

我懂得追求幸福其实是一种不真实的存在,但因为本能的欲望,无法停止对幸福的追求。我是否可以通过修炼,降低这种欲望和追求,不执着于顺境,不执着于逆境,坦然地面对人生的各种境遇呢?

法学中的国学

孔子的道德与法律观

孔子强调道德在治理国家中的作用，

但对法律有所轻视

　　季康子问政于孔子。孔子对曰："政者，正也。子帅以正，孰敢不正？"（《论语·颜渊篇》）季康子询问孔子怎样处理政事。孔子回答："为政之道的内涵就是为人端正，你带头端正自己，谁敢不端正自己呢？"为人端正和为人正直是一个意思。孔子在很多地方强调为人正直的重要性，认为把正直的人放到不正直的人之上位，可以使不正直的人变成正直的人。在上位的人为人正直，具有良好的品德，对下属确实有正面影响。孔子这一判断的负命题无疑是正确的：一个品形不端的人肯定不能领导好他的下属。我们平常所说的"上梁不正下梁歪"就是这个道理。但孔子"子帅以正，孰敢不正"的说法是靠不住的。领导为人正直，下属不正直的大有人在。孔子的说法有失偏颇。领导带头端正行为，下属还是会出现行为不端的情况。所以，处罚制度是必需的，这就离不开法律。

孔子接下来的言论就更极端了。季康子患盗，问于孔子。孔子对曰："苟子之不欲，虽赏之不窃。"（《论语·颜渊篇》）季康子忧患盗贼猖獗，向孔子求教。孔子说："如果你自己不贪求钱财，即便你奖励偷盗的，他们也不会偷盗。"这如果只是对季康子贪财的一种批评，那么未尝不可，如果要百姓不偷盗，必须从自己不贪财做起。但是季康子不贪财，百姓的偷盗行为也并不会消失，更不是"虽赏之不窃"。对偷盗的惩处是必需的，同时进行道德教育，效果才会更好。

季康子问政于孔子曰："如杀无道，以就有道，何如？"孔子对曰："子为政，焉用杀？子欲善而民善矣。君子之德风，小人之德草。草上之风，必偃。"（《论语·颜渊篇》）季康子问孔子怎样处理政事："如果杀掉无道的人，而亲近有道德人，会怎么样？"孔子回答说："你处理政事哪用得着杀人？你一心向善，民众就向善了。在上位的君子的品德好比风，在下位的小人的品德好比草，风吹到草上，草肯定顺风而倒。"如果把杀当作法律手段，孔子在这里完全否认法律的作用，有失偏颇。孔子所主张的在上位的人要用自己的良好品德影响在下位的人，使在下位的人能提高道德水平，这无疑是正确的。国家的治理，不能只用法律，还需要道德教育。同样的道理，在用道德影响的同时，离不开法律的惩戒措施。

子曰："'善人为邦百年，亦可以胜残去杀矣。'诚哉是言也！"（《论语·子路篇》）孔子说："'有道德的善人治理国家一百年，就能克服残暴，免除刑罚杀戮。'这话真的很对啊！"我对孔子的话表示怀疑。善人统治国家就很难做到。自从有了国家，哪朝哪代的统治者也没有放弃刑法杀戮。孔子希望国家能够通过道德感化，达到一个没有刑罚杀戮的理想境界，这是他把治理国家理想化了。但孔子的思想应该为我们所用，我们不妨把"胜残去杀"作为努力的目标。

孔子客观地分析了犯罪的原因

子曰："好勇疾贫，乱也。人而不仁，疾之已甚，乱也。"（《论语·泰伯篇》）孔子说："一个喜欢勇力而又痛恨自己贫困的人会作乱。一个不讲仁德的人，如果对他过分地痛恨，他也会为祸作乱。"作乱肯定是犯罪，孔子从侧面分析了犯罪的部分原因。

汉乐府中有一首《东门行》，描写了一个人因为家贫对社会不满，准备反抗社会，从内心犹豫斗争到下定决心反抗的过程。诗中的主人公仗剑出了东门，一路向前，准备参加一次革命行动，但内心斗争激烈，又半道折回。可是跨进门后，心中又忍不住悲愤。看到储存大米的盎中不剩一斗米，再看到衣架上没有可以穿的衣服，愤怒促使他下定决心，再次拔剑往东门而去。他的妻子拉住他的衣服哭道："人家想荣华富贵，而我只想和你一起有一口稀饭吃就行了。请你看在上天和没有长大的婴儿的份上，不要去做可能杀头的事。"主人公大喊一声："滚开！我再不走就迟了。你看我白发不停地掉落，这样的生活让我实在难以忍受。"

成王败寇，如果诗中的主人公造反成功了，自不必说，如果失败了，无疑是罪大恶极之人。而这种犯罪具有必然性，不以统治阶级的意志为转移。

孔子分析作乱的另一种原因是："人而不仁，疾之已甚，乱也。"理解孔子的这句话需要智慧。一个社会对道德不高的人不能过分地痛恨，否则他们会作乱。换句话说就是，对坏人要有一定的容忍度，让坏人有生存空间，否则他们会为祸作乱。

《东周列国志》中有一个故事，认为统治者要能容人之恶。管仲临死时，齐桓公到他的病榻之前和他讨论，他死后谁可以接任丞相的位置。当提到管仲最要好的朋友鲍叔牙时，齐桓公问鲍叔牙是否可以接任丞相之位。管仲说，鲍叔牙有一个特点，"好好恶恶甚"。意思就是鲍叔牙这个人爱憎过于分明，喜欢好人讨厌恶人到极致。管仲说一个人怎么喜欢好人都没问题，但鲍叔牙这个人，发现一个人做过一次坏事，他便终生不忘，这样谁能受得了？丞相是权力最高的大臣，如果不能容人之恶，那么这些恶人就会为祸作乱。容人之恶是一个人的肚量，对于一人之下万人之上的丞相，古人对他的要求就是丞相肚里好撑船，丞相要有肚量。

孔子的这句话对现在的犯罪预防很有指导意义。犯罪预防分为一般预防和特殊预防。在特殊预防的内容中，包括对犯罪分子给予惩罚，让他感受痛苦，知道受惩罚不好受，防止以后再次犯罪。同时社会对罪犯，哪怕是在他们刑满释放以后，也给予一定的歧视，这也是对罪犯惩戒的一部分。但是对刑满释放人员的歧视要适度，否则他们会再次犯罪。

"疾之已甚"，用现在的话说，就是对他们过分歧视。如果过分歧视他们，他们没有生存空间，那么就会作乱，就会再次犯罪。

对刑满释放的罪犯，应该有歧视，这是必需的，这是犯罪应当承担的。这种歧视会体现在法律中，如《中华人民共和国公务员法》规定，被判处有期徒刑以上的人不能担任公务员。《中华人民共和国律师法》也有类似的规定，这也是一种歧视。但是立法要考虑对他们的歧视范围和限度，一般的岗位不能对刑满释放人员有歧视，要让他们有生存和发展的空间，否则再次犯罪的概率就会提高。

孔子对道德与法律关系的认识

子曰："道之以政，齐之以刑，民免而无耻；道之以德，齐之以礼，有耻且格。"（《论语·为政篇》）孔子说："用法律禁令引导百姓，用刑罚整治他们，百姓可以暂时免于刑罚，却没有羞耻之心；用道德教化引导百姓，用礼制规范百姓，那么百姓就会有羞耻之心，而且使百姓人心归服。"

用现在的话来表达，法律是低层次的道德，而道德是高层次的法律。一般法律的要求比较低，而道德的要求比较高。如法律规定不能侵犯他人的财产权利，而道德要求人具有奉献精神，在困难面前能帮助别人。法律规定不能侵犯他人的人身权利，而道德要求舍己救人。人们不偷不抢就能达到法律的要求，而达到道德要求得做到乐于助人。只要不伤害别人就符合法律要求，而道德要求要做到舍己救人，能救人于危难。

孔子的观点中充满对法律的轻视。实际上法律和道德都重要，因为法律有强制力保障，如果触犯法律会受到惩罚，通过惩罚，达到不犯法的目的，就是孔子所说的"民免"的效果。如果没有法律，只有道德的规范，道德没有强制力，不能保证人人都能达到道德的高要求。很多时候，人们甚至连法律的低要求也达不到，所以法律的存在是必需的。我们应该重视道德教育，但并不影响健全和完善法律制度。

孔子认为道德的约束能减少犯罪，这些观点是正确的。

在陈绝粮，从者病，莫能兴。子路愠见曰："君子亦有穷乎？"子曰："君子固穷，小人穷斯滥矣。"（《论语·卫灵公篇》）孔子一行在陈国断了粮，跟着他的人饿得站都站不起来了。子路满脸怒气地来见孔子，说："难道君子也有穷困潦倒的时候吗？"孔子说："君子虽然穷困潦倒，但依然会坚守自己的原则，如果是小人，穷困潦倒就会胡作非为了。"

子路曰："君子尚勇乎！"子曰："君子义以为上。君子有勇而无义为乱，小人有勇而无义为盗。"（《论语·阳货篇》）子路问："君子崇尚武力吗？"孔子说："君子认为道义是至高无上的。君子有勇无义就会胡作非为，小人有勇无义就会沦为盗贼。"

以上两段文字均强调，一个有道德的人不容易犯罪，道德的培养可以减少犯罪。这种观点有道理，对我们现在研究犯罪预防有极其重要的意义。

法律的执行离不开强制力作为后盾，通过对违反法律的行为予以惩罚达到强制公民守法的目的。但法律的执行在绝大多数情况下靠的是人们自觉遵守，而不是强制力。那么人们为什么会自觉遵守法律呢？靠的就是道德。在前面我们已经讨论过，道德是高层次的法律，只要按照道德的要求规范自己，就可以使自己免于触犯法律。

很多人在犯罪之后，总会狡辩说因为不懂法所以才会走上犯罪的道路。其实，一个人不可能做到懂法了才会不犯法。谁能做到懂法？现在法律纷繁复杂，有谁可以做到完全懂法。法律从业者都做不到，更别说普通大众了，所以我们不可能做到懂法了才不犯法。而且整个社会，懂法却又犯法的人不一定比不懂法而犯法的少。农村的老实农民可能不识字更不懂法，但他们从来不犯法，因为他们有较高的道德约束。

孔子曰："君子有九思，视思明，听思聪，色思温，貌思恭，言思忠，事思敬，疑思问，忿思难，见得思义。"（《论语·季氏篇》）孔子说："君子有九件事情是必须思考的。看，要考虑有没有看明白；听，要考虑有没有听清；脸色，要考虑是否温和；容貌，要考虑是否恭敬；言语，要考虑是否忠诚；办事，要考虑是否认真；有疑问，要考虑怎样向人请教；愤怒，要考虑有什么不良后患；在有所得的时候，要考虑得到的是否符合道义。"这九思就是道德要求，如果做到这九思，那么人就不会犯罪，比如这九思的最后一思"见得思义"。如果人们能遵守这一道德要求，那么就不会有财产型犯罪，也不会贪污受贿。

有道德的人会减少犯罪还有另外的原因：有道德的人犯罪时会比道德低下的人付出更高的心理成本。什么意思呢？就是一个坏人干坏事，他没有心理负担，而一个有道德的人，干了坏事就会有心理负担，干坏事之前会犹豫，这样就可以大大地减少犯罪。

道德培养是减少犯罪最主要的手段和途径。

儒家的道德观对当下理法的影响

叶公语孔子曰："吾党有直躬者，其父攘羊，而子证之。"孔子曰："吾党之直者异于是：父为子隐，子为父隐——直在其中矣。"（《论语·子路篇》）叶公跟孔子谈论道："我们乡里有一位正直的人，他父亲偷了人家的羊，做儿子的跑去告发。"孔子说："我们乡里正直的人可不这样做，父亲为儿子隐瞒过错，儿子为父亲隐瞒过错，正直就体现在这之中了。"在儒家思想的影响下，在长达几千年的封建社会都有"亲亲得相首匿"的法律规定。实际上儒家的这一思想在我们现在的立法中还能找到影子，《中华人民共和国刑事诉讼法》规定直系亲属有免于出庭作证的权利。

《论语》中对诚信的强调随处可见，篇幅之多令人难以想象，我摘录几则，与大家探讨。

曾子曰："吾日三省吾身：为人谋而不忠乎？与朋友交而不信乎？传不习乎？"（《论语·学而篇》）曾子说："我每天三次反省自己：替别人谋划，是否忠心竭力？与朋友交往是否信守承诺？老师传授的知识是否及时温习？"这里强调的是受人之托，为人谋划，必须忠心竭力。为人谋划忠心竭力也是诚信的表现，与朋友交往更强调言而有信、信守承诺。这些内容是每天必须反省的。诚信在曾子看来非常重要。诚信是人与人交往的基础。

子夏曰："贤贤易色；事父母，能竭其力；事君，能致其身；

与朋友交，言而有信。虽曰未学，吾必谓之学矣。"（《论语·学而篇》）

子夏说："一个人能从内心尊重贤人，看轻女色；侍奉父母能竭尽全力，侍奉国君能奉献生命；与朋友交往能言而有信。这样的人即使自称没有读过书，没有学问，我也认为他是一个很有学问的人。"

子夏认为与朋友交往，言而有信比有学问更重要，诚信是人的安身立命之本。

有子曰："信近于义，言可复也。恭近于礼，远耻辱也。因不失其亲，亦可宗也。"（《论语·学而篇》）有子说："诚信符合道义，讲诚信的人说话就可以兑现。恭敬符合礼的要求，恭敬的人就可以远离耻辱。你所依靠的人都是可亲的人，也就牢靠了。"有子把诚信与道义联系在一起。

子张问行。子曰："言忠信，行笃敬，虽蛮貊之邦，行矣。言不忠信，行不笃敬，虽州里，行乎哉？立则见其参于前也，在舆则见其倚于衡也，夫然后行。"子张书诸绅。（《论语·卫灵公篇》）

子张问孔子怎样做才能行得通。孔子说："讲话忠诚守信，行事忠厚稳重，即使到了不开化的地方也能行得通。讲话不守诚信，行事虚伪轻浮，即使在自己家门口也行不通。站着的时候，这样的话语好像就耸立在你面前，坐在车里好像写在车辙上。做到这些以后就可以事事通达了。"子张把孔子的话写在衣带上。孔子强调只有讲诚信的人才可以走遍天下，不讲诚信的人连家门都走不出去。

子曰："君子不重，则不威；学则不固。主忠信，无友不如己者。过，则勿惮改。"（《论语·学而篇》）孔子说："君子要是不庄重，就不会有威严，学习的知识也不会牢固。要把忠诚、守信当作人生的信条。不结交不如自己的朋友。有了过错不要怕改正。"孔子在这里把诚实守信当作人生信条来强调。

子曰:"人而无信,不知其可也。大车无輗,小车无軏,其何以行之哉?"(《论语·为政篇》)孔子说:"一个人要是不讲信用,不知道他怎样立足于世。就好像大车没有安装輗,小车没有安装軏,还怎么能行走?"在孔子看来,人没有诚信是不可想象的,没有诚信的人根本无法立足于世。

诚信是人与人交往中需要遵守的原则,在两千多年前,人与人的交往还远没有现在这么频繁。可在两千多年前,孔子和他的学生们就从不同的角度强调了诚信的重要性,对诚信的强调达到了无以复加的程度。

当今社会,人与人的交往比以往任何时候都频繁,没有谁能不与外界交往。在频繁的交往中,如果有人不诚信,就会给其他人造成不必要的困扰。诚信是一切交易的基础,不管是先付钱还是先交货,先付钱的一方肯定是基于对对方的信任,否则交易没有办法达成。诚信也是一切债权得以实现的基础,向银行申请贷款,借款人必须有诚信,否则银行的贷款就会成为坏账。向朋友借钱,朋友也是出于对借款人的信任,如果借款人不诚信,那么朋友的财产就会受到损失。在当今社会,我们不仅要和自己熟悉的人交往,而且要与自己不认识的人交往,这些交往得以实现,就依赖于整个社会诚信体系的建立,要使不守诚信的人在社会上寸步难行。

在市场经济条件下,为了促进交易,必须降低交易成本和交易风险。而交易成本和交易风险的降低,依靠的就是诚信。现在的电商，正在努力建立网络信用体系。借助于现代高科技手段，使参加网络交易的任何一方的不诚信行为记录在案，一个不诚信的人无法参与网络交易。这个体系的建立，大大降低了交易成本和交易风险，因而在极短的时间内取得了快速发展。

孔子倡导的诚信在当今社会发挥着越来越重要的作用。我国的《中华人民共和国民法典》把诚实守信作为基本原则。

我们现在再读《论语》，思考一下，在与人交往的过程中，哪一件事情离得开诚信？我们吃饭、穿衣、购房、旅游，如果有任何一件事遭遇不诚信，我们都难以接受。买的牛奶有三聚氰胺，买的衣服袖子不一样长，买的房屋漏水，旅游的时候被强制购物等，只要遇见对方不诚信，我们就会不愉快，就会遭受损失。诚信对于我们那么重要，人人都应诚实守信。

我们的社会要用法律、道德的手段规范人们的行为，促进诚信体系的建立，我们还需要借助科技手段完善诚信体系，这一点可以向网商学习。法律要对不诚信的行为予以惩罚，道德要对不诚信的行为予以谴责，还需要运用科技的手段对每个人的信用情况进行记录。人们可以通过网络系统了解一个人、一家单位的诚信情况。如果完整的诚信体系建立起来，那么交易成本就可以大大降低，交易风险也会大大减小。这样可以使诚信的人日子越过越好，让不诚信的人寸步难行。诚信是道德要求，也是法律要求，更是社会经济发展的要求，人人离不开它，人人需要遵守它。只有这样，社会才会和谐，才会稳定，才会发展。

律师与口才

　　律师是靠口才吃饭的，与当事人沟通要口才，与检察官、法官沟通要口才，在法庭上陈述辩护词或者代理词都需要口才。所以人们习惯性地认为律师需要好口才。其实不然，律师需要口才，但对口才并没有不同于其他行业的特别要求。如果一定要说有，那就是说话谨慎，不要夸夸其谈卖弄口才。《论语》中对君子的口才要求特别适用于律师。

好口才不是律师追求的目标，只是律师执业的手段

　　孔子不喜欢好口才的人，《论语·学而篇》就有"巧言令色，鲜矣仁"的论述。这里的"巧言"是指虚伪而动听的语言，"令色"是指伪善的面孔。他要表达的是，花言巧语而面目伪善的人很少会是有爱心的仁人君子。

　　孔子以巧言令色为耻。子曰："巧言、令色、足恭，左丘明耻之，

丘亦耻之。匿怨而友其人，左丘明耻之，丘亦耻之。"（《论语·公冶长篇》）孔子说："花言巧语、面目伪善、过分恭顺，左丘明认为可耻，我也认为可耻。内心藏着怨恨，表面上却装成友好，左丘明认为可耻，我也认为可耻。"

孔子认为口才不好不是缺点。或曰："雍也仁而不佞。"子曰："焉用佞？御人以口给，屡憎于人。不知其仁，焉用佞？"（《论语·公冶长篇》）有人说："冉雍虽然有仁德，但口才不好。"孔子说："为什么要口才好？与人争辩伶牙俐齿，常常招人讨厌。我不了解冉雍是否真正仁德，但何必要口才好呢？"

有人说孔子口才好，孔子极力争辩自己不是为了表现好口才。微生亩谓孔子曰："丘何为是栖栖者与？无乃为佞乎？"孔子曰："非敢为佞也，疾固也。"（《论语·宪问篇》）一个叫微生亩的人对孔子说："孔丘啊，你为什么整天忙碌不安？难道是为了表现好口才吗？"孔子说："我不敢为了表现好口才，只是痛恨世道鄙陋罢了。"

子曰："予欲无言。"子贡曰："子如不言，则小子何述焉？"子曰："天何言哉？四时行焉，百物生焉。天何言哉？"（《论语·阳货篇》）孔子说："我不想再说什么了。"子贡说："你如果不再讲述你的言论，那么学生们传述什么呢？"孔子说："上天说了些什么？四季照样运行，万物照样生长。上天说了些什么？"

孔子在《论语》中认为多说无益。

在律师队伍中，喜欢逞口舌之快的大有人在，在刑事案件的辩护中，忘了为被告人辩护的主要目的，把法庭辩论作为自己表现的舞台，辩护内容洋洋洒洒，法官提醒其简练语言，他与法官发生争执，惹怒法官，祸及被告人，被重判。这样不但没有维护其权利，相反还给被告人带来危害。被告人原来认罪，辩护人在法庭做了精彩的无罪辩护，被告人觉得有理，所以在法庭上也不认罪，最后法院做了有罪判决，原来公诉机关认定的投案自首，因为被告人在法庭上不认罪而被否定，被告人丧失了从轻处罚的机会。

违背真理的话说得再精彩也是祸害。律师执业离不开口才，但目的不是为了表现口才好。

律师的言词必须谨慎

子曰："君子欲讷于言而敏于行。"（《论语·里仁篇》）这里的"讷"指的是言词谨慎而迟钝。孔子说："君子要言词谨慎而迟钝，行动敏锐而快捷。"新闻发言人的发言就体现了言词的谨慎和迟钝。有的时候人们甚至质疑怎么会挑选这么一个没有口才的人来当新闻发言人。其实这是我们的无知，新闻发言人需要的就是这一份谨慎和迟钝。子曰："刚、毅、木、讷近仁。"（《论语·子路篇》）孔子说："刚强、果敢、质朴、语言谨慎这四种品质最接近仁。"把语言的谨慎和儒家的仁直接联系在一起，可见孔子把言词谨慎提到了非常高的位置。

司马牛问仁。子曰："仁者，其言也讱。"曰："其言也讱，斯谓之仁已乎？"子曰："为之难，言之得无讱乎？"（《论语·颜渊篇》）这里的"讱"是指说话谨慎。孔子的学生司马牛问孔子什么是仁。孔子说："仁德的人言词谨慎。"司马牛说："言词谨慎就是仁了吗？"孔子说："做起来难，说话能不谨慎吗？"在这里，言词谨慎已经不是接近于仁的品德，而被认为是仁的直接体现。可见儒家把言词谨慎提得有多么高啊。

言词谨慎也是对律师的要求。现在有人对部分律师评价不高，甚至不少人到相关部门去投诉律师，其中有很大的原因就是律师言词不谨慎。对当事人的诉求，不经仔细分析随便承诺，最后承诺不能履行被投诉；对案件事实未经深入研究随意做出结论，最后法院判决与律师事先的结论大相径庭。这除了与律师的水平有关外，很重要的原因就是律师言词不谨慎。实际上法律对律师言词谨慎已经提出了要求。如民事诉讼中的自认制度，律师代表一方当事人对事实的肯定就是对事实的自认，这可以免除对方当事人的举证责任，如果自认不当，会导致败诉的结果。在证据法中有禁反言原则，就是说过的话不能随便翻悔等，都要求律师的言词必须谨慎。如同对新闻发言人的要求，不同的是新闻发言人对记者的提问可以不予回应，而当律师的对双方争论的焦点却不能回避，但言词谨慎始终是对律师的要求。

对律师口才的要求

孔子提出了对语言表达的要求。子曰："辞达而已矣。"（《论语·卫灵公篇》）这句话的意思是，言词只要能表达内心思想就可以了。

这完全可以作为律师语言表达的要求。如果具体分析，可以把要求细化成两个方面：语言能准确地表达心意；语言要简练，只要能表达就可以，不要过分地表达。律师的语言能够做到这一点已经是上乘的水平了。

词能达意不容易。对于律师来说，对事实的描述要准确，对法律的理解要深刻，说理的时候有事实与法律的依据，且两者结合得当，说出的理由有说服力，文字通顺，逻辑严密，表达清楚。要达到这些要求，如果能事先准备或许不算难，但很多时候要求律师临场发挥，那就不容易了。刑事案件的第二轮辩护就需要临场发挥，律师的语言水平在第二轮辩护中更显功底。

语言简练，能表达心意就可以了，这就要求律师在工作中要抛弃一切以表演为目的的语言表达。法庭审理案件时，给予双方律师辩论或辩护的时间不会太多，这对我们律师的语言提出了更高的要求。我们必须学会用更精练的语言表达更多的内容。

语言的表达除了语言本身之外，表达者的语气、面部表情等也很重要。如果能达到曾子提出来的要求，可以说是达到了语言表达的最高水平。曾子言曰："君子所贵乎道者三：动容貌，斯远暴慢矣；正颜色，斯近信矣；出辞气，斯远鄙倍矣。"（《论语·泰伯篇》）说话时让自己的容貌严肃，避免自己说话粗暴放肆；端正自己的脸色，让人感觉到你的诚信；说话时注意自己的语气，避免说话粗野和悖理。

律师的知名度问题

君子强调内在素质的提高

孔子强调，君子应该注重提高自身素质。只要自己素质提高了，就不用担心不为人知，不用担心没有社会地位。虽然他的观点有失偏颇，但着重强调提高自身的素质还是对的。一个自身素质不高的律师想在律师界占有一席之地是不可能的。

子曰："不患人之不己知，患不知人也。"（《论语·学而篇》）孔子说："不必发愁别人不了解自己，只应担心自己不了解别人。"

子曰："不患无位，患所以立。不患莫己知，求为可知也。"（《论语·里仁篇》）孔子说："一个人不必担心没有职位，所担心的应该是没有安身立命的本领。一个人不担心没有人了解自己，只要有真才实学就可以为人所知。"

子曰："不患人之不己知，患其不能也。"（《论语·宪问篇》）孔子说："人不必担心别人不了解自己，要担心的是自己没有能力。"

子曰："君子病无能焉，不病人之不己知也。"（《论语·卫灵公篇》）孔子说："君子忧愁的是自己没有能力，而不是担心别人不了解自己。"

《论语》中用那么多的章节强调君子首先应该担心自己有没有真才实学，然后再考虑自己有没有社会地位，有没有社会影响等。一个人要在社会上安身立命，首先要看自己有没有真才实学，有了真才实学，然后再考虑被别人发现、不被埋没。年轻的律师总希望在短时间内赚到钱，可是人家不放心把案件交给你办，因为你还没有能力处理好此类案件。究其原因，就是孔子所说的"患所以立""患其不能也"。一名律师说自己多么能干、水平多么高，但人家希望你介绍一下你所办的成功案例时，却拿不出像样的案例。律师不用担心不够有名，应该担心的是拿不出证明你实力的成功案例。

如果你是一名执业律师，你感觉怀才不遇，那肯定是你自己的问题，因为律师的才能应该包括如何推销自己，推销不出去就是无能。

君子也患人不知

一个人如果要干出一番事业，除了自己有真才实学以外，还需要有人赏识。孔子已经是圣人了，但还是有"不为人知"的感叹。他也急于推销自己，甚至不惜降低标准，为那些他原来认为是坏人的人服务。

子曰："莫我知也夫！"子贡曰："何为其莫知子也？"子曰："不怨天，不尤人，下学而上达。知我者其天乎！"（《论语·宪问篇》）

孔子感叹说："没有人了解我啊！"子贡问："怎么会没有人了解你呢？"孔子说："我不埋怨上天，也不怪世人；我学习人间的知识却能掌握天地间的自然运行规律。知道我的大概只有上天了！"

孔子用来教育别人的话"不患人之不己知，患其不能也"也有局限，像孔子这样"下学而上达"的人，仍有"不为人知"的感叹，更何况学问不如他的人呢。

子贡曰："有美玉于斯，韫椟而藏诸？求善贾而沽诸？"子曰："沽之哉！沽之哉！我待贾者也。"（《论语·子罕篇》）子贡说："这里有一块美玉，是用一个柜子将它收藏起来呢，还是找一个识货的商人把它卖了呢？"孔子说："卖了它，卖了它，我就是那个等待识货商人来买的人！"从这段话可以看出，孔子急切地希望有人能赏识他，能为人所用，能干一番事业。

孔子的思想和学说不为他所在的那个年代所接受，孔子一生没有受到真正的重用，他的话表现出他怀才不遇的心态。

公山弗扰以费畔，召，子欲往。子路不说，曰："末之也，已，何必公山氏之之也？"子曰："夫召我者，而岂徒哉？如有用我者，吾其为东周乎？"（《论语·阳货篇》）季氏的家臣公山弗扰借费邑策划谋反，请孔子，孔子准备前往。子路很不高兴地说："没有什么地方去便罢了，何必要到公山氏那里呢？"孔子说："那位招呼我去的，难道是平白无故招呼我去的吗？如果有人用我，我将用周公的德政来振兴东方。"

佛肸召，子欲往。子路曰："昔者由也闻诸夫子曰：'亲于其身为不善者，君子不入也。'佛肸以中牟畔，子之往也，如之何？"

子曰："然。有是言也。不曰坚乎，磨而不磷；不曰白乎，涅而不缁。吾岂匏瓜也哉？焉能系而不食？"（《论语·阳货篇》）"佛肸"是晋国大夫范中行的家臣，任中牟邑宰。佛肸召请孔子，孔子有意前往。子路说："以前我听老师说过，做过坏事人的那里，君子是不会去的。佛肸靠自己占据的'中牟'反叛，你现在还要去，怎么解释？"孔子说："我以前是这样说过。但不也说过，真正坚硬的东西是怎么磨也磨不薄的，洁白的东西是怎么染也染不黑的。难道你要做一个苦匏瓜，只能挂在那里，不能被人们食用吗？"

以上两个故事充分反映出孔子未被重用的痛苦和急于为人所用的心态。

提高知名度的方法

现在的人提高自己的知名度，办法要比古人多得多，有报纸杂志，有电视广播，有了网络以后，宣传自己的方式就更多了。然而这些宣传手段有些虚无缥缈，了解古人的方法现在还很有意义。

叶公问孔子于子路，子路不对。子曰："女奚不曰，其为人也，发愤忘食，乐以忘忧，不知老之将至云尔。"（《论语·述而篇》）叶公向子路打听孔子的为人，子路没有回答。孔子说："你为什么不这么说呢，他为人啊，发愤读书会忘了吃饭，追求真理会忘记忧愁，连自己快要老了也不知道，他就是这么个人。"

子路白白地浪费了一次介绍孔子的机会，也就减少了一次推销孔子的机会，这是十分可惜的。孔子的话是对自己的总结与评价，他希望所有的学生利用一切可能的机会介绍和宣传他。

虽然现在有那么多途径可以宣传自己，但是他人的宣传与介绍仍然是一种最有效的途径。

仲弓为季氏宰，问政。子曰："先有司，赦小过，举贤才。"曰："焉知贤才而举之？"子曰："举尔所知；尔所不知，人其舍诸？"（《论语·子路篇》）仲弓担任季氏的总管，问孔子怎样管理政务。孔子说："先要求下属各司其职，宽宥他们的小错误，提拔优秀的人才。"仲弓说："怎样才能识别优秀的人才而提拔他们呢？"孔子说："提拔你所了解的，你不了解的，难道别人不会提拔他吗？"

这段对话虽然说的是提拔人才，但用到律师怎样争取业务上也很有效。律师业务有很大比例靠的是熟人推荐。我跟很多律师讨论过，找好的业务很难，但老百姓出现法律问题，需要找律师的时候，要找一个合适的律师更难。如果自己没有熟悉的律师，就会叫朋友推荐，朋友推荐的只是他认为好的律师，并不一定是真正好的律师。律师想接到更多的业务，最有效的办法，还是有更多的熟人推荐。

想让更多的人认为你是个好律师，除媒体宣传以外，不外乎两种途径：第一，通过自己广泛的交往，让更多的人了解你，认为你是个好律师。第二，认真办好每一个案件，让曾经的当事人切身体会到你是个好律师，让他们成为你的义务推销员。

一个律师既有良好的内在素质，又有良好的外在表现——彬彬有礼的君子形象，并且能用各种有效的途径宣传自己，那么就会"不患人不己知了"。

律师与学习

学习是造就人才的必要途径

子曰："十室之邑，必有忠信如丘者焉，不如丘之好学也。"（《论语·公冶长篇》）孔子说："即便是十户人家的小村邑，也一定会有和我孔丘一样忠诚守信的人，只是他们没有我这样好学罢了！"孔子把他一生的成就归功于学习，认为天底下如同自己一样有良好品质的大有人在，只是他们都不像他那么好学。对孔子说的这一点我很有感触，除了极少数的天才，大部分人的智商相差不大，最后有没有成就，要看他有没有努力学习。"文化大革命"结束，我刚好高中毕业，像所有的农村同学一样，我到生产队务农。但我不甘心一辈子当农民，可是受家庭条件所限，没有办法到学校继续学习，我只有不懈地努力自学，跳出了"农门"，再经过努力，我取得了律师资格，当了一名律师。现在回到农村，和我当时的同学相比，我们的各个方面都有了很大的差别，分析原因，只有一点，那就是我在不断地学习。

　　当律师不容易，当一名好律师更不容易，需要渊博的知识和各种处事的能力。这些知识与能力的获得，除了学习没有其他途径。

学习必须有目标，还需要不停地温习

　　子夏曰："日知其所亡，月无忘其所能，可谓好学也已矣。"（《论语·子张篇》）子夏说："每日掌握一些自己原先没有掌握的知识，每月能不忘记原先已经掌握的技能，就可以说是好学了。"很多著作都把"日知其所亡"解释成每天掌握一些原来没掌握的知识。而我认为应该把它解释成每天知道自己所缺乏的或者说掌握没有掌握的知识。每天弄清楚自己还没有掌握且需要掌握的知识是什么，学习才会有目标。每天掌握的都是自己最需要的知识，这种有目的的学习肯定比漫无目的的学习要好，进步也会更快。

　　人在学习的同时也在不停地遗忘。子曰："学如不及，犹恐失之。"（《论语·泰伯篇》）孔子说："做学问总觉得自己赶不上，还怕忘掉一些东西。"这种担心不只孔子一个人有，所有好学的人都有这种担心。这里还没有学会，前面的又忘记了。怎样才能不遗忘自己所学的知识，做到"月无忘其所能"？办法只有一个，那就是不停地温习。子曰："学而时习之，不亦说乎？有朋自远方来，不亦乐乎？人不知而不愠，不亦君子乎？"（《论语·学而篇》）孔子说："学习知识能时时温习，不是很愉快的吗？有学友从远方来不是很高兴的吗？人家不了解自己也不恼怒，这不是一位道德君子吗？"《论语》开篇第一句话"学而时习之，不亦说乎"说明了时时温习的重要性。时时温习可以使所学的知识不被遗忘，更重要的是每一次温习都是一个新的认识过程，它可以使所学的知识更深刻，所以"学而时习之"，才会"不亦说乎"。

大学的第一门法学基础专业课就是《法学基本理论》。初学的时候觉得抽象，不好理解，不好学，难懂。等到所有法律专业课程学完后，再回来温习《法学基本理论》，不但对其中的内容理解更深刻，而且会觉得基本理论是其他专业课的基础，如法律关系，只要把每一部门法的法律关系真正搞清楚了，学各门专业法律课就会轻松许多。像这种温习和理解的加深是一种很愉快的感觉，不知道其他学法律的同仁是否有同感？

学习必须和思考相结合

子曰："学而不思则罔，思而不学则殆。"（《论语·为政篇》）孔子说："只学习不思考，就会迷茫糊涂，只思考不学习，就会倦怠不堪。"这是孔子对学习和思考关系的总结，学习离不开思考，思考也离不开学习。

子曰："吾尝终日不食，终夜不寝，以思，无益，不如学也。"（《论语·卫灵公篇》）孔子说："我曾经整天不吃不喝，整夜不睡觉地思考，但是没有收获，还不如认真学习。"这是孔子对"思而不学则殆"的进一步解释。我们经常会碰到一些新问题需要解决，花大量时间思考，却很难想出好办法。一个可取的办法就是找到与之相似的问题，看看别人是怎样解决的，从前人的思考和实践中找到一些智慧，这样做肯定比一个人闭门思考有效果。

律师办案，一辈子也不会遇到两个完全相同的案件，但可以找到类似的案件，其他人所办的成功案例，会给我们一些启发，这是律师成功办理案件的一般做法。

子曰："不愤不启，不悱不发。举一隅不以三隅反，则不复也。"（《论语·述而篇》）孔子说："不是学生遇到问题想弄明白而没有办法弄明白的情况我不去开导他。不到学生想表达观点而表达不清楚的时候我不去启发他。要是举出一方面的道理学生不能推导出其他几方面的道理，那么我就不再讲下去了。"这一段文字讲的是孔子教学的一个过程，但这一过程强调的是学生在学习过程中的思考。只有在学生经过反复思考还弄不明白、还表达不清楚的情况下，才启发和开导。孔子的教学方式是启发式的，不是灌输式的。两千多年前的孔子就知道，教学是一个互动的过程，不应该是老师单方面的灌输，他强调学生在学习过程中要思考。他还提出自己的教学的目标，就是学生能举一反三，才算达到了教学效果，而举一反三来自于学生的思考。

思考对于律师来说太过重要，证据的分析需要思考，用证据推导出认定的法律事实需要思考，将事实进行法律归类需要思考，法条的理解需要思考，法律的适用需要思考。离开思考，律师办不成任何案件。

律师要掌握海量的法律条文，靠死记硬背不行，要通过思考，将知识融会贯通，对法条的理解能举一反三。《最高人民法院关于建设工程价款优先受偿权问题的批复》出台的时候，我还没来得及看，一位同事要告诉我内容。我让他先不要说，让我猜猜看。我说："建筑工程的承包人的优先受偿权在与抵押权相冲突的时候，承包人的优先受偿权优于抵押权，更优先于其他债权。但承包人就该商品房享有的工程价款优先受偿权不得对抗已经交付购买商品房的全部或者大部分款项的买受人。"我的猜测与最高人民法院的解释完全一致。同事觉得奇怪，问为什么。我回答："建筑商造了房子是所有物权产生的基础，当然优先于抵押权。但为了社会稳定，面对不特定的广大消费者，优先权也得靠后，这与法律理论无关。"这就是通过已经掌握的知识推导出新的知识。当我自己的结论与法条一致的时候，我还要死记硬背吗？

学习应该包括学做人

子曰："三人行，必有我师焉；择其善者而从之，其不善者而改之。"（《论语·述而篇》）孔子说："三个人走在一起，里面肯定有我值得学习的老师。我选择他们的优点跟着学，对他们的缺点就对照自己加以改正。"这里学的是怎样做人，通过学习别人的优点和改正自己的错误，达到提高自己品行的目的。

子曰："君子食无求饱，居无求安，敏于事而慎于言，就有道而正焉，可谓好学也已。"（《论语·学而篇》）孔子说："君子饮食不要求丰盛，居住不要求舒适，做事要敏捷勤快，言词要小心谨慎，接近有道德的人来匡正自己的德行，这样就可以说是好学了。"

这里强调的仍然是学做人。做学问很重要，但学做人更重要。律师如果将所学的知识用在做坏事上，那么水平越高危害越大。做一名好律师，在强调有学问的同时，更应强调有好品德。

律师除了学法律知识之外，也应该学习其他知识

子曰："小子何莫学夫诗？诗，可以兴，可以观，可以群，可以怨。迩之事父，远之事君；多识于鸟兽草木之名。"（《论语·阳货篇》）孔子说："后生们为什么不学习《诗经》呢？研习《诗经》可以启发想象力，可以提高观察力，可以培养合群性，可以学会讽谏的方法，从近处说可以运用其中的道理侍奉父母，从远处说可以用来侍奉君主，还可以多认识一些花鸟鱼虫的名称。"孔子在这里鼓励他的学生学习《诗经》，强调学习《诗经》有各种各样的好处。律师当然也可以学一学《诗经》来陶冶自己的情操。但这只是举例，律师为提高自己的品位，多读一些与法律无关的书籍，可以使自己的见识变得广博。有时学习法律以外的知识可能会有意想不到的收获。我这次读《论语》就是如此。

只要用心，什么地方都可以学到知识

卫公孙朝问于子贡曰："仲尼焉学？"子贡曰："文武之道，未坠于地，在人。贤者识其大者，不贤者识其小者。莫不有文武之道焉。夫子焉不学？而亦何常师之有？"（《论语·子张篇》）卫国的公

孙朝向子贡问道："仲尼的学问是从什么地方学来的？"子贡说："周文王、周武王的学问从未在大地上消失，仍然留在人间。只不过贤能的人能掌握大的方面，不贤的人只能掌握小的方面。没有什么地方不存留着文王、武王的学问。我们的老师从哪里不能学习呢？学习不一定有固定的老师。"如果只是从一个人那里学习，孔子又怎么能成为万世师表呢？

做律师也一样，只要用心，到处都是学问。律师接触的人五花八门，和坏人接触可以了解他是怎样变坏的；和专业人士接触可以了解该专业的知识；哪怕和没有上过学的人接触，也可以学他们为人处世的方式。我奶奶没有上过学，不认识字，可她有太多让我学习的地方。只要用心学，有几十年的积淀，学识想不广博都不可能。

"忠恕"二字贯穿孔子学说

子曰："参乎！吾道一以贯之。"曾子曰："唯。"子出，门人问曰："何谓也？"曾子曰："夫子之道，忠恕而已矣。"（《论语·里仁篇》）孔子说："曾参啊，我的学说有一个基本的思想贯穿其中。"曾子回答道："学生明白。"孔子出去后，门徒们问曾子："什么意思呢？"曾子说："老师的学说，是由'忠''恕'两个字贯穿着的。"

子曰："赐也，女以予为多学而识之者与？"对曰："然，非与？"曰："非也，予一以贯之。"（《论语·卫灵公篇》）孔子说："端木赐啊，你以为我是博学多识的人吗？"子贡回答说："对啊，难道不是吗？"孔子说："不是的，我的学说由'忠'和'恕'两个字贯穿着。"

我们不是孔子，也很难有孔子那么大的成就，但如果一辈子认准一件事不停地努力，就有可能成为伟人。成为伟人的人不都是最聪明的，但他们认准了一件事就不回头，前几十年默默无闻，最后才取得成就。头脑灵活的人，看到一条路行不通，马上换一条路走，但路换得多了，也消耗时间，头脑灵活的人反而难以有伟大的成就。

美女绝妙的自我辩护

二难推理是由两个假言判断和一个选言判断为前提构成的推理。把它称之为二难推理，是因为在辩论中为反驳对方的观点，迫使对方在两种假设中做出选择，不论选择哪一种，其结果都令人难以接受，使对方陷入进退维谷、左右为难的困境。二难推理这种反驳方式，表面上给对方以选择的余地，实际上是前后夹击对方，使之左右为难，观点难以成立。

在刑事案件的法庭辩论中，无论是公诉人还是辩护人，如果能够准确、熟练地使用二难推理，就可以使自己立于不败之地。

准确掌握二难推理并不容易，用得不好会闹笑话。比如，有人为了证明上帝不是万能的，向上帝提出了这样一个问题："上帝你能否造出一块自己搬不动的石头？"如果上帝回答不能，那么可以证明上帝不是万能的；如果上帝回答能，那么也可以证明上帝不是万能的，因为有块搬不动的石头。

无论上帝回答能或者不能，结果都可证明上帝不是万能的。

证明上帝不是万能的竟然这么简单！

以上推理形式上符合二难推理，但其内容不符合逻辑，结论
以成立。上帝能否造出一块自己搬不动的石头，这个问题先设定了
一个前提"上帝有搬不动的石头"，这个证明过程成了循环论证，
先设定上帝有搬不动的石头，然后再用这个前提为证据，证明上帝
不是万能的，证明方法和证明过程有逻辑错误。这样的证明不仅不
合逻辑，而且有辱智商。用这样的例子讲解二难推理，教的是诡辩，
而非逻辑。

现在出版的《形式逻辑》教材，很难看到生动而又贴切的二难
推理实例，更难看到利用二难推理成功辩护的案例。

如果我们的阅读兴趣广一点儿，多读一点儿古典文学作品，就
可以在其中能看到很精彩的二难推理，也有利用二难推理辩护的
实例。

元代姚燧的《凭栏人·寄征衣》言："欲寄君衣君不还，不寄
君衣君又寒。寄与不寄间，妾身千万难。"寒冬来临，丈夫远征没
有御寒的冬衣，妻子内心挣扎要不要给他寄冬衣。如果寄冬衣，那
么丈夫就不会回家；如果不寄冬衣，丈夫就会受冻。要么寄，要么
不寄，结果都是妻子不想要的。这是一首动人的诗，也是一个生动
且准确无比的二难推理实例。

《世说新语》中记载了一美女自我辩护的实例，她准确地使用
了二难推理，证明自己没有犯罪的动机，不可能犯罪，最后得以全
身而退。

汉成帝宠幸赵飞燕，赵飞燕诬陷班婕妤作法通过鬼神诅咒她，

于是皇帝让人拷问班婕妤。班婕妤辩解道："我听说死生有命，富贵在天。做好事尚且不一定得福，做坏事又想求什么呢？如果鬼神有智慧，那么鬼神就不会接受邪恶奸佞的诉求；如果鬼神没有智慧，我祈求它又有什么用处呢？（鬼神要么有智慧，要么没有智慧，祈求鬼神诅咒他人都不会奏效）所以我是不会做这种事的。"

本案的主人公班婕妤是古代著名的才女，出身名门，她是班况的女儿、班彪的姑姑，她贤良淑德，曾经受到皇帝专宠。

后宫争斗向来是血雨腥风，班婕妤被深受皇帝宠爱的赵飞燕诬陷，皇帝将她作为犯罪嫌疑人进行拷问，处境之危险可想而知。班婕妤临危不惧，为自己做了智慧而又极具逻辑的辩解，说服了汉成帝。汉成帝听了班婕妤的辩解之后，没有追究班婕妤，反而加以抚慰。

班婕妤用"死生有命，富贵在天。修善尚不蒙福，为邪欲以何望"来表达自己没有作恶的动机，这只是一个铺垫，她的辩解最精彩的是她通过对鬼神诅咒不会发生任何作用的认知，证明自己不会做这样的傻事。她所用的方法就是二难推理，得出了祈求鬼神诅咒他人不可能起任何作用的结论，然后进一步推理得出自己不会做这种得不到想要的结果的傻事。班婕妤很好地使用了二难推理，她的逻辑严密，使人无可反驳，最终说服了被赵飞燕迷惑的汉成帝，救了自己一命。

班婕妤最终救自己，靠的不是美貌，而是智慧。她的自我辩护，到今天仍然可以被专业刑事辩护人借鉴。

偷死人嘴里的珠子

人微言轻时，为了使自己说出来的话更有说服力，引经据典不失为一个好办法。写文章若能引用经典名句，也可有画龙点睛的效果，使文章增色不少。

引经据典古来有之，儒家就是榜样。孔子在《论语》中就经常引用《诗经》，称之为"诗曰"。儒家的后人更高频率地引用孔子的话，称之为"子曰"。

道家挖苦儒家，把这种动不动就引经据典的行为称之为"偷死人嘴里的珠子"

儒以诗礼发冢。大儒胪传曰："东方作矣，事之何若？"小儒曰："未解裙襦，口中有珠。""《诗》固有之，曰：'青青之麦，生于陵陂。生不布施，死何含珠为！'接其鬓，压其颥，而以金椎控其颐，徐别其颊，无伤口中珠！"（《庄子·物外》）儒生用"诗礼"作为工具盗墓。大儒在上面向下传话："太阳快升起来了，墓盗盗得怎么样了？"小儒说："还未解下死者的衣裙，死者口中还含着一颗宝珠。"大儒又说："古诗上就有这样的话，'青青的麦苗，长在山坡上。活着不肯周济别人，死了怎么还含着珠子！'挤压他的两鬓，按着他的胡须，用锤子敲打他的下巴，慢慢地分开他的两颊，不要损坏了口中的珠子！"

道家用"偷死人嘴里的珠子"形容引用古人名言还是很形象的。既然是古人，那必定是已经作古的死人。所有的语言不都要从嘴巴里说出来吗？说出来的好话，不是可以用妙语连珠来形容吗？用含在嘴里的宝珠来形容古人的经典名句，还是很恰当的。把引用古人的经典名句比喻成"偷死人嘴里的珠子"，既生动又形象，只是用这样的比喻刻薄了点儿。

讲话写文章好引用古人的话不是儒家的专利，道家也是如此，这一点是庄子亲口承认的。"寓言十九，重言十七，卮言日出，和以天倪"（《庄子·寓言》）。这里的"重言"就是重复古代有名望人说过的话。"重言十七"，（庄子所说的话）十句中有七句是重复古人。这样看来，"偷死人嘴里的珠子"也是道家爱干的事。

道家不但自己"偷死人嘴里的珠子"，自己嘴巴里的珠子还被别人偷了，还不承认，几乎成了别人的了。

睹一蝉，方得美荫而忘其身。螳螂执翳而搏之，见得而忘其形。异鹊从而利之，见利而忘其真。庄周怵然曰："噫！物固相累，二类相召也。"捐弹而反走，虞人逐而谇之。（《庄子·山木》）看见一只蝉，正在浓密的树荫里休息而忘记了自身的安危；一只螳螂用树叶做隐蔽，打算扑上去捕捉蝉，螳螂自以为要得手而忘掉了自己的身体；那只怪鹊紧随其后，认为是极好的时机，眼看即将捕到螳螂，而失去了自己的性命。此情此景使庄周震惊，他警惕地说："哎哟，一个吃一个，一个吃一个！贪利忘身，一个个地串联了起来！"于是抛掉弹丸，挂弓上肩，转身快步而去，这时候看守栗园的人追出来责问。

园中有树，其上有蝉，蝉高居悲鸣饮露，不知螳螂在其后也！螳螂委身曲附，欲取蝉，而不顾知黄雀在其旁也！黄雀延颈，欲啄螳螂，而不知弹丸在其下也！此三者皆务欲得其前利而不顾其后之有患也。（刘向《说苑·正谏》）园中有一棵树，树上有一只蝉，蝉在高处一边放声叫着，一边吮吸着露水，不知道螳螂在它的后面！螳螂弯曲身子贴紧前肢想要取蝉，没有顾及黄雀在它的旁边！黄雀伸长脖子想要啄螳螂，它不知道弹弓和弹丸在它的下面。这三者都想得到眼前的利益，却不考虑身后的隐患。

从现代著作权的理念来看，刘向的行为毫无疑问地侵犯了庄子的著作权，无论是故事的结构、内容，还是表达的思想都相同，刘向使用的时候也没有标明出处，是典型的侵权行为。然而现代人没有谁觉得刘向做得不对，原因何在？一是庄子的文章深奥难懂，读的人少；二是刘向的文章让庄子所说的故事从吴王少年侍从的嘴里说出来，真是妙不可言。刘向的故事比庄子的故事更真实、更生动，知道刘向这故事的人远多于知道庄子故事的人。如果问现代人"螳螂捕蝉，黄雀在后"这一成语的出处，大多数人会认为是出自刘向的《说苑·正谏》。天下文章一大抄，但能抄到刘向这样境界的少之又少。刘向可以说是"偷死人嘴巴里珠子"的高手了。

珠子价值连城，盗墓者知道哪个死人的嘴里有珠子，冒着杀头的风险也会去盗取。只要价值连城，没有人会嫌弃死人嘴里的珠子脏。引用古人的妙语，虽然被道家讽刺为"偷死人嘴里的珠子"，但毕竟不是偷，而是一件极其文雅的事。一个人的语言文字被别人引用得越多，他的文字越光芒四射，做"偷死人嘴里的珠子"的事，不仅不会使死人嘴里的珠子蒙灰，反而会增其光芒。倘若能做到像刘向那样，"死人嘴里的珠子"就会变成自己嘴巴里的珠子。

科学不断进步，物质文明不断发展，但人们的语言却越来越匮乏，文字的艺术魅力在逐渐消失。说文学将在21世纪死亡有些过分，但诸如"大海啊，好多水"这样被称之为诗歌的作品充斥着我们的视野。文学离死亡还远吗？

我们是否可以学习"偷死人嘴里的珠子"这一方法，让古人的思想照耀我们，让他们优美的诗句浸润我们，让我们的文章变得更优美一些？再不行用几句古人的名言点缀一下文章也行，哪怕借得古人嘴里珠子的一丝光芒也可。

我国的古代典籍中包含了太多光芒四射的文化思想，但不读，又怎么能偷到会发光的珠子呢？